パロディー物語を書こう！

はじめに

この本の目的は、パロディー物語を書くことの楽しさや書き方を、作品を通じて伝えることです。私（コニボシ）は、小学生のころから作文が苦手で、原稿用紙を前に書くことが何も浮かばず、困ったことが何度もありました。社会人になってからは、仕事の文章がうまく書けず、上司によく叱責されました。その私が、二十三作のパロディー物語を楽しみながら書けたことは、奇跡だと思います。私が書けたということは、世の中の作文が苦手だと思っている人も、パロディー物語なら書けるのではないかと勝手に思っています。

私がパロディー物語を楽しく書けたのは、パロディーのもとになる好きな物語や言葉があったからだと思います。それは、かけっこで言えばスタートラインです。スタートラインを自分で決められるから、書き始められるのです。小学生のころ、「何でもいいから書きましょう。」と先生に言われ困った経験があります。苦手意識を持つ人にはスタートライン、はっきりした枠組みがないと困るのです。枠組みがあるから自由になれるのです。

さて、パロディー物語の書き方に話を移します。

まず、パロディー物語のコンセプトについて説明します。コンセプトの立て方はp（5）～p（8）の目次を見ていただければ分かるとおり、章がコンセプトになっています。

一章　既存の物語をパロディーに
二章　タイトルから想像を広げて
三章　キーワードから想像を広げて
四章　実在人物をパロディーに
五章　主題を決め、それを伝えるパロディーに

私の場合は、一章の「既存の物語をパロディーに」から書き始めました。自分で自由に話を変化させるのがとても楽しく、九作書きました。けれども、それに飽きてきて別のコンセプトで書くようになりました。これらと違うコンセプトの立て方もあると思います。自分が一番書きやすいスタートラインを決めればいいのです。

次に、一つ一つの物語をどのように書き進めたかについて説明します。実際に行った書き進め方は、次の五とおりです。

一　タイトルを決めたらとにかく書き始める。
二　タイトルを決めたあと、起、承、転、結に書く内容を考えてから書き始める。
三　タイトルを決めたあと、結を考えてから書き始める。
四　タイトルを決めたあと、タイトルのキーワードが入った言葉をできるだけ書き出す。
　その言葉を使って話を進める。
五　主題を伝えるためのタイトルを考える。その後は前述の一～三のどれかで書く。
最後に、特別寄稿について説明します。これらの作品は私のパロディー物語を読んで「おもしろい。」と言ってくれた小学生、先輩が書いた作品です。

御寄稿、本当にありがとうございました。

読者の皆さんも、パロディー物語を書きませんか。物語という世界をつくり、そこで自由に自分の分身である登場人物を躍動させましょう。楽しいですよ。

目次／パロディー物語を書こう！

一章　既存の物語をパロディーに

1　ウラシマンタロウ

昔《むかし》、海辺《うみべ》の町《まち》にうらしたたろうという若者《わかもの》がいました。うらしたたろうには、「ことわ」というガールフレンドがいました。ことわは魚《さかな》が大好《だいす》きなので、たろうはよく魚つりに行《い》きました。

たろうがつりをしていると、すごい手ごたえがありました。「これは大物《おおもの》だ!」と、たろうはこうふんしました。全力で持《も》ち上《あ》げようとしましたが、びくともしません。ぎゃくにひっぱられ、たろうは海《うみ》の中にまっさかさまに「ドボン!」。海の中の石《いし》で頭《あたま》をうって死んでしまいました。

たろうがつろうとしていたのは、大きな海ガメのカメ吉《きち》でした。はりがカメ吉のこうらにひっかかってしまったのです。カメ吉は悪いことをしたなあと思《おも》い、りゅうくう城《じょう》のオットット姫《ひめ》に相談《そうだん》しました。姫はりゅうくう国伝説《こくでんせつ》の勇者《ゆうしゃ》リュウクウマンの命《いのち》をうらしたたろうにかすことにしました。うらしたたろうはリュウクウマンの命をもらい、ふっかつしました。しかも、ただ

ふっかつしただけではなく、海にとびこんで変身《へんしん》すると、海の中で自由《じゆう》に動《うご》きまわれるリュウクウマンの力をえて、ウラシマンタロウになることができるようになったのです。

それから一年後《いちねんご》、リュウクウ国にききがせまっていました。リュウクウ国をほろぼそうとするジョーズ王国《おうこく》がせめてきたのです。

シャーク将軍《しょうぐん》ひきいるサメの大群《たいぐん》がおしよせました。

青《あお》ガメ、赤《あか》ガメ、タイ、ヒラメ、カメ吉が戦《たたか》いましたが、負《ま》けそうです。オットット姫はテレパシーでうらしたたろうに助《たす》けを求めました。たろうは、命を与《あた》えてくれたオットット姫に恩《おん》がえしの時《とき》がきたと、さっそく海にとびこみ、ウラシマンタロウに変身しました。

タロウは、ウラシマンパンチ、ウラシマンキックでサメの大群をけちらしていきます。ついにシャーク将軍と一騎《いっき》うちになりました。

シャーク将軍の必殺技《ひっさつわざ》は、シャークラッガーというブーメランのような刃《やいば》です。これにはウラシマンタロウもよけるのが精一杯《せいいっぱい》、ウラシマンタロウは大《だい》ピンチ。

その時、とどいたオットット姫のテレパシー。

「タロウ、あなたにはまだ自分《じぶん》が気づいていない力がある。それはウラシマンボルト・ウェーブ。それをてきに当《あ》てれば相手《あいて》はかんでんしてたおれる。」

ウラシマンタロウのウラシマンボルト・ウェーブでシャーク将軍はかんでんして戦《せん》とう不能《ふのう》となり、家来《けらい》のサメに乗《の》って退《たい》きゃくしました。

こうして、リュウクウ国は守《まも》られたのでした。

オットット姫は、お礼《れい》に、たろうにタマト箱《ばこ》を渡《わた》し、家《いえ》に帰《かえ》ったらすぐにあけるよう言いました。たろうがタ

マト箱をあけると、白いけむりがでてきました。

すると、どうでしょう。時間《じかん》が一年と少しまきもどり、タロウが頭をうって死《し》ぬ前《まえ》にもどったのです。

タロウは氏名《しめい》を「うらした　たろう」から「うらし　まんたろう」にかえました。そして、「ことわ」とけっこんし、ずっと仲《なか》よく幸《しあわ》せにくらしましたとさ。

おしまい

2　たなぼた物語《ものがたり》―うめ星《ぼし》とこと姫《ひめ》―

昔、ある所《ところ》にうめ星というやさしい青年《せいねん》と、こと姫というツンデレの女の子が橋《はし》のない大きな新川《しんかわ》をはさんで、東《ひがし》・西《にし》に分《わ》かれ住《す》んでいました。

うめ星には、ひみつにしていることが二つありました。一つ目は、困っている人がいたら現《あらわ》れて救《すく》う「スッパーマン」の正体《しょうたい》がうめ星であること。二つ目は、こと姫のツンツンしているところが嫌《きら》いといいながら、本当《ほんとう》は大好きでつきあってほしいと思っていることでした。

うめ星には、新川の東側《がわ》に住むクロ星という敵《てき》がいました。クロ星はブラックマンになって、人の嫌《いや》がることばかりします。また、クロ星もこと姫のことが大好きでした。うめ星もクロ星も新川を渡《わた》ってこと姫に会いに行きたいのですが、そのチャンスは一つ。たんぽぽ神社《じんじゃ》の神だなにそ

なえられているぼたもちの力で、新川ににじの橋をかけた時です。しかも、たなに手《て》をのばしてとるのはダメで、自然《しぜん》に落《お》ちたぼたもちを持《も》っていかなければなりません。ぼたもちをこと姫が食《た》べてくれれば、二人は恋人同士《こいびとどうし》になれるのです。

うめ星もクロ星も毎日《まいにち》たんぽぽ神社にお参《まい》りに行き、「ぼたもちが落ちて、こと姫に持っていけますように。」と祈《いの》りました。

しかし、いっこうにぼたもちは落ちてきません。しびれを切《き》らしたクロ星は、「手《て》で直接《ちょくせつ》とらなかったらいいだろう。」と考え、ブラックマンになって物《もの》を動かせる念力《ねんりき》をつかい、ぼたもちを取りました。

それを見て、うめ星もスッパーマンに変身し、念力でぼたもちを落とそうと思いましたが、「インチキはいけない。」と思いとどまります。

ぼたもちをもったクロ星は、にじの橋をわたってこと姫の住む西側に行こうとしました。

いつものように、うめ星は、たんぽぽ神社に行きました。すると、どこからか声が聞こえてきます。

「うめ星、このままでいいのか？　おまえもぼたもちを念力で落とし、こと姫に会いに行ったらどうだ。」

うめ星は、きっぱり答えます。

「いいよぉー。ぼくはこと姫が幸せになればいいんだ。こと姫の幸せがぼくの幸せだ! ぼくは、あきらめるのが得意《とくい》なんだ。」

そう言ったしゅん間《かん》、クロ星が渡っていた虹の橋が消え、クロ星はまっさかさまに川の中にドボン。クロ星はあわててブラックマンに変身し、岸《きし》まで泳ぎました。クロ星が川に落ちると同時に、たんぽぽ神社の神だなからはぼたもちが、うめ星の前に落ちてきました。うめ星は、それをもってこと姫のもとへ。

うめ星に会ったこと姫は、はじめはツンツンしていましたが、ぼたもちを見て急《きゅう》にデレデレに。二人は恋人同士になりました。

やがて二人は結婚《けっこん》し、うめ星はこと姫のツンデレにふりまわされながら、それなりに幸《しあわ》せにくらしましたとさ。

おしまい

3　ジャックと豆《まめ》まき

昔、豆《まめ》づくりがさかんな豆豆村《むら》という村がありました。その村の豆腐屋《とうふや》には、十一《じゅういち》という手伝《てつだ》いをまめにする、少《すこ》し気《き》の弱《よわ》い男の子がいました。ニックネームはジャックです。

ジャックは豆でっぽうが得意で、村の豆でっぽう大会《たいかい》では無《む》敵《てき》です。仲のよい友達《ともだち》は、節分《せつぶん》の豆まきが得意な空《そら》 豆夫《まめお》と、歌《うた》が大好きな遠藤《えんどう》さやです。ジャックはいつもその二人、そしてペットの豆柴《まめしば》、豆ダヌキと元気《げんき》よく遊《あそ》んでいました。

しかし、最近《さいきん》はハラペコで元気がありません。日《ひ》でりや台風《たいふう》で、この村の主食《しゅしょく》の豆がほとんどとれなくなったからです。大豆《だいず》もないので豆腐もつくれません。みんながこれからの生活《せいかつ》に不安《ふあん》を感《かん》じていました。

ある夜《よる》、ジャックは夢《ゆめ》を見ました。目の前《まえ》に仙人《せんにん》のような老人《ろうじん》があらわれて言《い》いました。

「わしは、豆腐屋を始《はじ》めたお前の先祖《せんぞ》じゃ。豆の不作《ふさく》で村のみんなが困《こま》っている。お前にこの村を救《すく》ってほしいのじゃ。どんな気候《きこう》でも、災害《さいがい》があっても育《そだ》つ元気豆を手に入れる方法《ほうほう》を教《おし》えたい。天空《てんくう》に住む赤おにが一人占《じ》めしている元気豆を取《と》りに行くのじゃ。それは、もともとわしが偶然作《ぐうぜんつく》った豆じゃ。赤おにから取り返《かえ》すのじゃ。しかし、それには赤おにを退治《たいじ》しなければならない。どうじゃ。気の弱いおまえにできるか？　やる気はあるか？」

ジャックは

「やります。」

ときっぱり答《こた》えました。おなかいっぱい豆が食べたい。みんなを助けたいと思ったからでした。

「それでこそ、わしの子孫《しそん》じゃ。」

ご先祖様《せんぞさま》は、大喜《おおよろこ》びで話《はなし》を続《つづ》けます。

「明日《あす》の朝《あさ》、ペットの豆ダヌキが拾《ひろ》ってくる大豆を『おには外、福《ふく》は内《うち》』と唱《とな》えながら庭《にわ》にまくのじゃ。そのあと、『ダイズマンブラザーズバンド』の『それがダイズ』を友達といっしょに大《おお》声《ごえ》で歌《うた》うのじゃ。そうすれば、大豆の木はあっという間《ま》に天空の赤おにの館《やかた》まで伸《の》びていく。友達といっしょに大豆の木を登《のぼ》り、赤おにの寝床《ねどこ》のまくら元においてある元気豆をとってくるのじゃ。豆でっぽうと腐《くさ》った豆腐も持って行け。赤おにがおそってきたら、豆でっぽうで両目《りょうめ》をねらい、赤おにがひるんだら赤おにの大嫌《だいきら》いなニオイがする腐った豆腐を、大豆の木につけながら降《お》りてくるのじゃ。」

朝、目ざめたジャックは半信半疑《はんしんはんぎ》ながら、豆ダヌキに大豆を拾ってくるようたのみます。ご先祖に言われたとおり豆をまき、『それがダイズ』を歌います。

　すると、大豆の木はあっという間に天空へ伸びました。ジャックが、

「さあ、元気豆を取り返しに行くぞ！出発《しゅっぱつ》！」

といえば、豆夫とさやは
「オー！」

と、ジャンボ鶴田《つるた》のように右手《みぎて》を挙《あ》げながら応《こた》えます。

三人が赤おにの館《やかた》に入ると、赤おには部屋《へや》で寝ていました。

「よかった。」

とジャックは思いました。かんたんに元気豆を手に入れ部屋を出ようとした時、豆夫がけつまずいてころんでしまい、その音で赤おにが目をさまします。赤おには大事《だいじ》な元気豆がとられたことに気づき、赤い顔をさらに赤くしてジャックにせまります。

ジャックは自まんの豆でっぽうを打《う》ち、豆夫とさやは「おには外」とさけびながら豆を投げつけます。ジャックのうった豆でっぽうの豆が赤おにの両目に見事《みごと》に命中《めいちゅう》すると、赤おにはなみだを流《なが》しながら両目をおさえます。まさに「泣《な》いた赤おに」です。

ジャックたちは、腐った豆腐を木につけながら家に帰り着きます。元気豆を手にしてほっとしたのもつかの間、目の痛《いた》みがなおった赤おにが家にやってきました。ジャックは
「あれ・・・? 腐った豆腐をつけたのになぜ・・・?」

赤おには
「許《ゆる》さん! 豆を返せ! さもないとみんな食べてしまうぞ!」

と、すごいけんまくです。ジャックは、

「元気豆は、この村のものだ。ぜったいに渡さない。」

と、ひるみません。

「うるさい！」

赤おにがせまります。ジャックたちは豆でっぽうと豆まきで応戦《おうせん》します。

「同じ手が通用《つうよう》すると思うな。」

赤おにはゴーグルをつけ、さらに鼻せんもつけています。どうりで腐った豆腐の効果《こうか》がないはずです。

ジャックが「もうだめだ。」と思った時、ご先祖様の声が聞こえてきました。

「もうバラバラの豆をぶつけても、すりつぶして作った豆腐の腐ったものをぶつけてもだめだ。豆柴の首にまきつけてあるふろしきの中にある、なっ豆《とう》を投げつけるのじゃ。その時『なっ豆さん、赤おにをやっつけてください』と祈《いの》るのじゃ。そうすればなっ豆のすべてが協力しておにを退治《たいじ》してくれる。」

そのとおりにすると、あら不思議《ふしぎ》。なっ豆はどんなに離《はな》れても切れない強い糸でつながった、まるで一つの生き物のようななっ豆になりました。そして赤おにをからめとり、天空に運んで行きました。ジャックはすぐに豆の木を切ります。ジャックが

「また来ると困《こま》るなあ。」と思った時、

「大丈夫《だいじょうぶ》じゃ。赤おにの館はなっ豆がバリヤーのようになってくるんでいるので、赤おには外に出られない。」

と、ご先祖の声。

ジャックは思いました。バラバラの大豆でも、すりつぶして作った豆腐の腐ったものでも、赤おにに通用しなかった。でも、豆の形を保《たも》ったままの、すべてがしっかり糸でつながっているなっ豆は、赤おにに勝った。私たち人間も、なっ豆のような人間関係をつくって力を合わせると、きっとすごい力になるはずだ。

その後、豆豆村の人たちはなっ豆のような人間関係をつくり、それぞれが個性《こせい》を生かして豆にかかわる仕事をしました。そして、村はとても発展《はってん》しました。

ジャックも友達と力を合わせ、元気豆の品種改良《ひんしゅかいりょう》に成功《せいこう》し、スーパー元気豆を作りました。ジャックはそのスーパー元気豆をもって遠藤さやさんにプロポーズ。さやさんは松田聖子《まつだせいこ》の『赤いスイートピー』を歌って、プロポーズを受け入れました。

メデタイ、メデタイ。

おしまい

4　まっ茶売《ちゃう》りの少女《しょうじょ》

京都《きょうと》のまっ茶専門店《せんもんてん》「香東茶《かとうちゃ》」は、自分より四十歳以上《よんじゅっさいいじょう》も若《わか》い嫁《よめ》さんをもらって調子《ちょうし》に乗っている社長《しゃちょう》が経営《けいえい》する店《みせ》です。

そこに勤《つと》めているまっ茶売りの少女「まちゃ子」は、「お茶」や「生《い》け花《ばな》」を習《なら》っている、とても上品《じょうひん》な女の子です。上等《じょうとう》なまっ茶や、まっ茶で作ったおかしなどを売るアルバイトは、まちゃ子にぴったりの仕事でした。仕事中だけでなく、学校でも家《いえ》でも、いつもまちゃ子はおしとやかです。まちゃ子のボーイフレンドの「まっちゃん」も、そんなまちゃ子のことが好きでした。

しかし、最近まちゃ子の心に「もっと活動的《かつどうてき》になりたい。」「強くなりたい。」という気持《きも》ちがめばえています。また、「今の生活に何の不満《ふまん》もないのになぜ?」と、自分自身《じしん》のことが分からなくなってきている不安も、同時《どうじ》にかかえています。

ある夜《よ》、まちゃ子は不思議な夢をみました。生まれる前の、霊だった時の自分が出てきたのです。まちゃ子は神様《かみさま》のもとをはなれ、お母さんのおなかにいる自分の体に、「たましい」として入っていくところでした。今まさに自分の体に入ろうとしたその時、双子《ふたご》として生まれるはずだった妹《いもうと》がテレパシーで話しかけてきました。

「私《わたし》が入る予定《よてい》の赤ちゃんが死んでしまった。どうしよう。」

まちゃ子は答えます。

「私の体にいっしょに入ろう！」

「おねえさん、ありがとう。わたしマチョコはかげになって、光のおねえさんを支《ささ》えるからね。」

　目がさめて、まちゃ子はもっと活動的になりたいと思うようになったわけが分かりました。その気持ちは妹「マチョコ」のメッセージだったのです。マチョコのたましいは、とても元気で活発《かっぱつ》なので、かげとしてまちゃ子の体に入っておとなしくしているのは無《む》理《り》だったのです。まちゃ子は妹のたましいのメッセージを受《う》け入れようと思いました。

　そして、友達がしゅ味《み》でしているボルダリングをすることに決め、ジムに通います。ボルダリングをすると体《たい》調《ちょう》が今まで以上によくなり、いつも絶好調《ぜっこうちょう》です。気持ち

も今までより明るくなりました。食べるものがおいしく、よく食べるようになり、筋肉《きんにく》がつきました。まっ茶売りのときは着物《きもの》を着ているので、筋肉がついているのは分かりませんが、トレーニングウェアになると筋肉質《きんにくしつ》のとてもひきしまった体であることがよく分かります。

お店でお客さんに対《たい》する態度《たいど》も変《か》わりました。お茶のサービスの時には、その場の雰囲気《ふんいき》にあわせて歌いながらお茶をいれます。

「まっ茶のチャチャチャチャ。まっ茶のチャチャチャチャ。チャチャチャチャまっ茶のチャチャチャチャ。」

ユーモアのある歌が評判《ひょうばん》になり、店の人気《にんき》ものになりました。香東茶の社長も、

「まちゃ子はこれまで、おとなしく品《ひん》のあるところが売りだったが、それにとびきりの笑顔《えがお》とユーモアが加《くわ》わり、本当に売り子として成長《せいちょう》した。バイトの給料《きゅうりょう》を上げてあげよう。」

と、まちゃ子に言いました。ボーイフレンドのまっちゃんにも

「まちゃ子は驚《おどろ》くほどみりょくが増《ま》したね。」

と言われました。

そして、しゅ味のボルダリング大会で優勝《ゆうしょう》して、京都のチャンピオンになりました。

まちゃ子は妹のたましいのメッセージを受け入れたことで、単《たん》なるまっ茶売りの少女ではなく

「マッチョが売りの少女」という称号《しょうごう》も手に入れたのです。

夢の中でまた、まちゃ子は妹と話しました。まちゃ子は妹にお礼を言いました。

「マチョコのおかげで私は人間として豊《ゆた》かになりました。本当にありがとう。」

マチョコはそれを聞き
「私こそありがとう。おねえさんが私のメッセージを聞いてくれたおかげで、この世で生きているという実感《じっかん》がもてました。本当にありがとう。」

「光あればかげがある。表《おもて》があれば裏《うら》がある。晴《は》れの日があれば雨の日もある。相反《あいはん》する両方《りょうほう》の性質《せいしつ》を生かしてこそバランスがとれ、豊かな人間になれる。」

まちゃ子はつぶやきました。


十年後、まちゃ子はまっちゃんと結婚《けっこん》しました。

まちゃ子とまっちゃんは、自分にないところをお互《たが》い相手から学び、すばらしい夫婦《ふうふ》になりました。

おしまい

5　ヘンゼルはグレてる

ヘンゼルは、気が弱くかげのうすい父《ちち》オクレーと、実質家族《じっしつかぞく》の大黒柱《だいこくばしら》で、しっかりとして押《お》しの強い母ズレーテルとの間《あいだ》に生まれた一人息子《ひとりむすこ》です。

ズレーテルはヘンゼルがかわいくてしかたなく、ヘンゼルがすこやかにりっぱに育つように、自分がよいと思ったことを次々にします。小さいころのヘンゼルはそれをありがたいと思い、ズレーテルの期待《きたい》に精一杯こたえてきました。

しかし十歳《さい》になってから、わけのわからない夢を見るようになりました。ある時はもがきながら底《そこ》なし沼《ぬま》に沈《しず》んでゆく夢、ある時はとても太く長いツルにからめとられ、身動《みうご》きができない夢、またある時は大きな波《なみ》にのみこまれる夢を見ました。

そのような夢を見るようになってから、母のズレーテルに反抗的《はんこうてき》な態度をとるようになります。ズレーテルのことが好きで、感謝《かんしゃ》しているのに、ズレーテルの言うことがうっとうしくてたまらないのです。ズレーテルの言っていることがおかしいとは思わないのに「絶対《ぜったい》に無理！」と思うのです。

そんなヘンゼルの変化にズレーテルはとまどいます。

「私はヘンゼルのために全力をつくしているのに、あの子はなんで分かってくれないのかしら。」

と、ズレーテルは悩《なや》みます。

父のオクレーは、言いたいことはあるのですが、ズレーテルの怒《いか》りをかうことをおそれて口をつぐんでいます。

ヘンゼルの反抗は家庭内《かていない》だけでなく、学校や地域《ちいき》にも広がっていきます。家庭では行動を注意するズレーテルに、

「うるさい。うっとうしい。顔も見たくない。このへんなおばはん！」

と言って反発《はんぱつ》します。学校でも、先生の言うことに対して
「どうして？　意味《いみ》が分からない。」

と言って反発します。外では友達と自転車で暴走《ぼうそう》したり、ピンポンダッシュや落書きなどのいたずらをくり返したり

します。もともとやさしい性格《せいかく》なので、暴力《ぼうりょく》をふるわないことがせめてもの救《すく》いでした。

ズレーテルはヘンゼルに立《た》ち直《なお》ってもらいたいと

「ヘンゼルは本当はいい子でしょ。言うことを聞けばもっとおこづかいをあげるよ。」

「そんなことをする子は私の子どもではありません。これ以上すると見捨《みす》てるよ！」

と、アメとムチでせまります。しかし、そのような言動《げんどう》がよけいにヘンゼルの反発を強めます。

ヘンゼルはストレスがたまりすぎ、ついに学校の窓《まど》ガラスに石を投げ、何枚《なんまい》も割《わ》ってしまいました。ズレーテルはカンカンになり、

「そんな子どもを産《う》んだおぼえはない。出ていけ！」

とわめきちらします。

ヘンゼルは困《こま》りはてます。自分の部屋にとじこもり、泣いて泣いて泣きつかれて眠《ねむ》り、また夢を見ます。夢に悪魔《あくま》の姿形《すがたかたち》をした、ひょうきんな男が現れ、言います。

「クワッ、クワッ。私はやさしい悪魔ブラックデビル二号じゃ。昔、一号がテレビの『おれたちひょうきん族』のキャラクターになり、タケチャンマンとのかけあいで人気者になった。一号が明石家さんまさんの中に入ったのじゃ。やさしい悪魔は他《ほか》にもいて、デビルマンもやさし悪魔

じゃ。私は弱くてひょうきん、デビルマンは強くてかっこいい。大きな違《ちが》いがあるがな。おまえの夢に現れたのは、われわれやさしい悪魔が許せない善魔《ぜんま》がキバをむいたからじゃ。おまえの母ズレーテルには、おまえの気持ちや考えを分かろうとせず、ズレたことをよかれと思い大まじめに押しつける善魔が入っておる。悪魔は自分が悪いことを知っているが、善魔は自分のことを百パーセントいいと思っておる。そして、世間《せけん》の常識《じょうしき》をふりかざして、なんの迷《まよ》いもなく人をコントロールしようとする。ズレーテルはそれだけでなく、ほめたり、ものでつったりして自分の思いどおりにしようとする、たちの悪い善魔じゃ。私のような弱くやさしい悪魔はとうていたちうちできん。しかし、弱い私でもおまえにアドバイスはできる。どうじゃ。私の言うことを聞いて善魔と戦うか。クワッ。」

ヘンゼルは、

「私がグレたら、母は変わるかなと思っていましたが、はね返されただけでした。そして、とほうにくれていたところです。戦います。力をかしてください！」

「クワッ。分かった。私が今アドバイスできることは、川の土手《どて》にズレーテルを呼《よ》び出し、自分のありったけの思いをストレートにぶつけること。それしかない。そのあとのことは自分で考えてくれ。けんとうを祈る。クワッ。」

ヘンゼルは、言われたことを実行《じっこう》しますが、ズレーテルはやはり思いを受けとめてくれません。

「分からずやー！」

と言ってヘンゼルは母に突進《とっしん》します。そして、二人は土手の坂《さか》をころげ落ちます。ころがるとちゅう、ズレーテルは石で頭を打ち、脳《のう》しんとうをおこしたようです。ヘンゼルは

「たいへんなことをしてしまった。」

と、目からなみだがあふれます。

そのなみだがズレーテルの顔にかかったとき、ズレーテルは目をさましました。そして、ズレーテルは魔法《まほう》にかかったように人が変わりました。今まで自分がしてきたことのまちがいを認《みと》め、心の底からヘンゼルにあやまります。その時ヘンゼルは、

「終わりよければすべてよし。」と思い、

「いいよぉー、許すよ。ぼくは許すのが得意なんだ。」

と言って母にだきつきます。

その後のヘンゼルは、自分の考えをはっきり言えて、人の意見にもしっかり耳をかたむけるバランスのとれた青年になりました。ズレーテルに頭が上がらなかった父のオクレーも、ズレーテルの言っていることがおかしいと思ったら「あほう-。」と捨てぜりふをのこして逃げることができるようになりました。

ヘンゼルはやさしい悪魔「ブラックデビル二号」に感謝する心を持ち続けました。しゅ味のカラオケに行った時は、キャンディーズの「やさしい悪魔」をいつも振《ふ》り付《つ》きで歌っています。

ただ、「やさしい悪魔」をいくら歌っても、好きな女の子の心にやさしい悪魔になってしのびこむことは、まだ無理なようです。

おしまい

6　コンぎつねうどん

キツネのコンは「キツネうどん」で有名《ゆうめい》なうどん店の店主《てんしゅ》です。コンの店の目印《めじるし》は、「赤いキツネ」と呼ばれている赤いのれんです。めんも油揚《あぶらあ》げも、おつゆもおいしいキツネうどんを求《もと》めて、リピーターや遠《とお》くからの観光客《かんこうきゃく》が集《あつ》まる店です。そして、それを支えているのが、うどんや油揚げのもとになる小麦《こむぎ》や、大豆をつくってコンの店におろしている農家《のうか》の兵九《ひょうきゅう》です。二人はよくけんかもしますが、仲よしです。

前世《ぜんせ》では、兵九が兵十、コンがゴンでした。行き違いから、本当は仲よくなれるはずだったゴンを兵十は鉄ぽうで撃《う》ち殺《ころ》してしまったのです。前世をやり直すかのように、二人は友情《ゆうじょう》で結《むす》ばれていました。

ところが、それをこわそうとする悪者《わるもの》が現れます。コンの店のはんじょうぶりにしっとするタヌキのポン助《すけ》です。ポン助は、緑《みどり》ののれんが目印のタヌキそば店の店主でした。味《あじ》は悪くはないのですが、いかんせんコンのキツネうどんがおいしすぎて、客足《きゃくあし》はまばらです。

このままでは店がつぶれると思ったポン助は、イタチのイタッチを買収《ばいしゅう》し、兵九がコンのところへおさめる小麦粉《こむぎこ》に、食べるとおなかをこわす薬《くすり》を入れさせることを考えます。

　そんな矢先《やさき》、コンと兵九が最近ささいなことでけんかをしたことを知り、「今がチャンスだ！」と思います。イタッチに薬をわたし、すぐ実行《じっこう》するように命《めい》じます。イタッチは悪いイタチではないのですが、ちょうどギャンブルで大損《おおぞん》してお金に困っていたこともあり、ポン助の話につい乗ってしまいました。

　大八車《だいはちぐるま》で小麦粉を運《はこ》ぶ兵九を待《ま》ちぶせし、おなかが痛くなったふりをして倒《たお》れこみます。心やさしい兵九は小麦粉を積《つ》んだ大八車をおいたまま、家まで薬を取りに帰ります。そのすきにイタッチは、おなかが痛くなる薬を小麦粉にまぜこみま

す。帰ってきた兵九に薬をもらったイタッチはそれを飲《の》みます。そして、

「薬を飲んで完全《かんぜん》ではありませんが楽《らく》になりました。家に歩《ある》いて帰れます。ありがとうございました。」

と、礼を言って帰っていきました。何も知らない兵九は、いつものようにコンのところへ小麦粉を持って行きます。

ところがたいへん。二日後《ふつかご》、その時の小麦で作ったうどんを食べたお客さんがみんな腹痛《ふくつう》になってしまいました。

悪い評判はあっという間に広がります。あれだけ行列ができていたコンの店に、閑古鳥《かんこどり》が鳴《な》くようになりました。コンは信頼《しんらい》していた兵九に裏ぎられたと思いこみ、悲《かな》しみと怒りで心がいっぱいになりました。コンは、兵九と絶交《ぜっこう》します。

兵九も、ぜんぜん自分の話を聞いてくれないコンの一方的《いっぽうてき》な態度に、大ショックを受けます。

「おれが心をこめてつくった小麦粉で、おなかをこわすなんてありえない。なにかのまちがいだ。それにしても、コンに絶交されたことが一番悲しい。」

兵九は台風《たいふう》が通り過《す》ぎた日の翌日《よくじつ》、コンに会って誤解《ごかい》をときたいと思い、大八車におくり物の

野菜《やさい》をのせて向かいます。そのとちゅう、コンの家の前で増水《ぞうすい》した川に落ち、川の中に生えている木にしがみついて助けを求めているイタッチを見ました。兵九は迷わず大八車に積んでいたつなをイタッチに投げます。イタッチはつなをつかみましたが、水の勢《いきお》いが強く、流されていきます。つなをひっぱって助けようとした兵九まで、川に落ちそうです。それでも兵九は、つなを自分の体にまいて近くの木にしがみつきました。

　そこにコンが現れます。イタッチと兵九のやりとりが聞こえたからです。コンはすぐさま兵九と二人でつなをひき、イタッチを助けました。

　二人に命を助けられたイタッチは、自分がなさけなくなりました。

「おれがおとしいれた二人が、川に落ちたおれを助けてくれたのか。」

と思い、兵九とコンに、ポン助に命《めい》じられてしたことを正直《しょうじき》に話しました。

「もらったお金はポン助に返します。つぐないとして、これからコンの店で働《はたら》いたり、兵九の農《のう》作業《さぎょう》を手伝ったりします。どうか許してください。」

と、地面《じめん》に手をついてあやまります。コンは、

「そうだったのか。兵九ごめん。うたぐったりして本当にごめん。」

と、涙目《なみだめ》で兵九にあやまります。兵九は
「分かってくれればいいんだよ。」
と、やさしく言い、二人はがっちり握手《あくしゅ》して、うれし涙を流します。
そして、兵九はイタッチに
「よく本当のことを言ってくれた。ありがとう。許すよ。ぼくたちは正直にしたことを言ってあやまる人を許すのが得意なんだ。」
と言いました。コンも大きくうなずきました。イタッチの目からもうれし涙が流れました。
コンと兵九はポン助にし返しはしません。コンのうどんをグレードアップさせてお客を取りもどすことで、思いしらせようとしました。

コンは大八車にのっている野菜を見てひらめきます。「この新せんな野菜を天ぷらにしたら絶対においしい。」
野菜天うどんをメニューに加えることにしました。野菜を揚げる役目《やくめ》はイタッチがしました。
イタッチは、汗《あせ》まみれになりながら天ぷらを揚げました。

これが当たり、野菜天うどんはキツネうどんとならぶ看板《かんばん》メニューとなったのです。そして、客足《きゃくあし》はもどるどころか前より増《ふ》え、長い行列ができるようになりました。

それに対しポン助の店は客足がとだえます。ポン助はまもなく店をたたんで、さびしく村を出ていきました。

コンと兵九の友情は、それ以降《いこう》、二度《にど》とこわれることはありませんでした。まさに「雨降《ふ》って地固《じかた》まる」です。

メデタシ　メデタシ。

おしまい

7　金《かね》ヅルの恩返《おんがえ》し

悪いことばかりして稼《かせ》いでいる鶴井《づるい》は、鶴《つる》をつかまえて金ヅルにしてやろうと、山に行ってわなをしかけます。そのわなに引っかかった鶴のツル子を鶴井は家に連れて帰り、ろう屋のような部屋に閉《と》じこめ、糸を渡《わた》して、

「おまえの羽を織《お》り込《こ》んで『鶴の恩返し』の話のなかで高く売れた布と同じものを作れ。」

と、命じました。

「三反《たん》織れたら逃がしてやるから」

と、強く迫《せま》ります。ツル子はいやいや従《したが》いました。

しかし、鶴井の「三反織ったら逃がしてやる」との約束《やくそく》は、ウソだとツル子は思っていました。ツル子は布に、「SOSツル子」の文字をかくし文字にして織り込みました。

ツル子は一反の布をやっと織りました。羽毛《うもう》をぬいたところのツル子の皮《ひ》ふは赤く血がにじんでいます。

「だれか早く私のSOSに気づいて!」

と、祈ります。

その祈りが届《とど》いたのか、反物《たんもの》を買った呉服屋《ごふくや》の鶴見六郎《つるみろくろう》が、かくし文字に気づきました。買った店で、鶴井が布を持ち込んだことを聞き、ツル子を助けるために鶴井の家へ行きます。六郎は鶴井に

「おまえは鶴をつかまえ、金ヅルにしているだろう。動物のぎゃく待《たい》は許せん。ツル子を早く出せ。」

と、言いますが、鶴井はそれをつっぱねます。

「おれはアマレスの元《もと》東京チャンピオンだ。おれをねじふせたら、鶴を自由にしてやろう。」

と、自信満々《じしんまんまん》で答えるのです。それを聞いた六郎は

「ぼくをだれだと思っているんだ。ぼくの師匠《ししょう》は全日光《ぜんにっこう》プロレスで怪物君《かいぶつくん》と言われ、三冠《さんかん》(PFW、インターナチュラル、NU)チャンピオンだったジャンボン鶴田《つるた》さんだ。そしておれは、師

匠の必殺技《ひっさつわざ》ヘソ投げバックドロップをマスターし、デビュー寸前《すんぜん》までいったチョンボ鶴見だ。落語《らくご》ファンの父の鶴光《つるみつ》が急《きゅう》死《し》して、呉服屋を継《つ》がなければならなくなり、プロレスラーを断念《だんねん》したんだ。」

それを聞いて鶴井は少しひるみましたが、悪役レスラー「アブドーラ・シン」が使《つか》った凶器《きょうき》のフォークのレプリカを手に、攻撃《こうげき》します。それで、六郎はかすり傷《きず》を負《お》いますが、バックにまわって、ヘソ投げバックドロップ一発で鶴井をKO。ツル子を助け出します。ツル子は

「本当にありがとうございます。お礼に私が六郎さんを救います。あなたは悪い取り引き先にだまされ、お金に困っているでしょう。私が店をたてなおす方法を教えます。」

六郎はびっくりして

「なんでぼくがお金に困っているのを知っているんだ?」

と聞くと、ツル子は
「私は善人《ぜんにん》の心と未来がわかるの。」

と答えました。そして鶴の神様「ツルピカハゲ神《がみ》」に祈ります。そして、神のお告げを伝えます。

「六郎、おまえはプロレスラーを断念したり、恋人《こいびと》にふられたり、悪い奴《やつ》にだまされたり、たくさん涙を流してきたな。岡本真夜の『トゥモロー』を歌えば歌のとおり、おまえのために明日が来る。」

六郎はすなおに歌います。その後もお告げが続きます。

「まず、ツル子のデザインで着物をつくり、それを売って呉服屋の経営をたてなおす。それができたら、洋服屋も開店しVEN《ベン》の代理店《だいりてん》になる。店の入り口の左右《さゆう》に、八千草薫《やちぐさかおる》さんがコマーシャルした黄色のヤマハ「パッソル」と、所ジョージさんがコマーシャルしたペパーミント色のホンダ「ズーク」をオブジェとして飾《かざ》るのじゃ。それでまじめに店を経営すれば絶対はやる。マチガイナイ。」

六郎は
「わかりました。ありがとうございました。精進《しょうじん》します。」

と、言いました。さらにお告げが続きます。

「最後《さいご》に成功した後の注意を二つしておく。一つは、自分の器《うつわ》分《ぶん》の利益《りえき》をあげたらそれ以上欲《よく》を出さないこと。自分の器は自分で分かるはずだ。二つは、利益の三分の一は社会のために喜んでつかうこと。社会のためにつかえば、つかったお金が喜び、友達を連れて帰ってくる。」

六郎は二つの注意点を心にきざみました。

六郎はツルピカハゲ神のお告げどおりにして、大成功。注意点も守り、子どもたちのために小動物中心の動物園をつくりました。ツル子はそこで余生《よせい》を過ごし、最後は六郎やツル子ファンの子どもたちに見守られ、おだやかな顔で静《しず》かに息をひきとりました。

おしまい

8　幸《しあわ》せのツバメ

ツバメのスワローは、ツバメの学校の先生です。北の国で一人前《いちにんまえ》となった教え子のツバメたちと、南の国へ帰るとちゅうでした。

「北国から南国へ飛《と》び立つのが少し遅《おく》れた。早く移動《いどう》しないと・・・。」

と、思いながら飛んでいました。すると、だれかがテレパシーで話しかけます。

「私は幸せな王子とよばれているハッピーという者です。ツバメさん、私の願《ねが》いを聞いてくれませんか?」

急いでいるツバメは答えます。

「私は教え子と、冬が来る前に南国へ行かなければなりません。急いでいるのです。私のような渡《わた》り鳥《どり》に頼《たの》むのではなく、この町にずっといる鳥に頼めばいいのではないですか?」

「実はずっとテレパシーで頼んでいるのですが、通じません。通じたのはツバメさん、あなただけなのです。」

スワローは同りょうの先生に、幸せな王子の声が聞こえたか、たずねました。すぐ横を飛んでいたのに、同りょうにはまったく聞こえていません。

「不思議だなあ。」

と、スワローは思いました。そして幸せな王子に
「ところで、頼みごとは何ですか？」

と、聞きました。王子は
「町の外《はず》れの家で、お金がないためおなかがペコペコになっている子どもに、私の刀《かたな》についているルビーを届《とど》けてくれませんか？」

と言うのです。

スワローは
「急いでいるけど、一回ならいいですよ。」

と、自分だけ町に残《のこ》り、ルビーを運びました。

王子のところへ帰り、

「王子、それではさようなら。」

と言いました。王子は、

「ありがとう。申《もう》し訳《わけ》ないが、もう一けん、病気なのに薬が買えない貧《まず》しい家に右目のサファイアを届けてくれませんか？」

と言いました。スワローは、王子が右目を失《うしな》ってまで貧しい人を助けようとするやさしさに心をうたれ、

「あと一回だけですよ。」

と言って届けます。夜はかなり冷《ひ》えこむようになっています。

「このまま、この町にいたら、こごえ死ぬ。早く届けて南国へ飛び立とう。」

と思いました。

　サファイアを届けるとちゅう、ルビーを届けた家の上を飛びました。すると、どうでしょう。子どもと、その親がとてもぜいたくなごちそうを食べています。家の中の物も、とても高級《こうきゅう》な物に変わっています。スワローは思いました。

「これでは王子のしたことがむだになる。いくらルビーを売って大金を手にしても、こんなお金のつかい方では、すぐになくなってしまう。」

スワローはサファイアを届けず王子のところへ帰り、見てきたことを話します。そして、王子に意見を言います。

「宝石《ほうせき》を届ける家のかべに、王子の念力で次のような文章を書いたらいいと思います。『宝石を売ったお金のつかい道について守ってほしいルールを教える。お金の三分の一は生活につかう、三分の一はまわりの人のためにつかう、三分の一は家族が学ぶためにつかう。大人は資格《しかく》をとって働き口《ぐち》をさがし、自分で稼げるようになること。子どもはたくさん本を読んで、心と頭を豊かにすること。これが守れないとお金をつかいはたした後は今までよりも困るであろう。幸せな王子』」

王子は自分のしていたことが一事《いちじ》しのぎであったことに気づき、スワローの言うとおりにすることを約束しました。スワローは、王子の頭のよさと人の意見を聞く広い心に感動しました。これごえ死ぬきょうふに打ち勝ち、王子の体の宝石や体にはっている金ぱくを運び続けます。

そんなある日、雪が降ってきました。スワローは力つき、宝石や金ぱくがなくなり、みすぼらしくなった王子の足元で死んでしまいます。「幸せな王子」はみすぼらしくなりましたが、町の人たちは銅像《どうぞう》を撤去《てっきょ》しません。「幸せな王子」のプレートを「幸せの王子」にし、その下に

「わたしたちに幸せを運んでくれてありがとう」

と書き、いつまでも町のシンボルとして大事にしました。ツバメも町の人たちにとても感謝され、手あつくほうむられました。そして名誉町民《めいよちょうみん》として王子の左手の上に小さいツバメの銅像が建《た》てられました。王子は天国《てんごく》に帰っていくスワローの霊《れい》に話しかけました。

「ぼくがスワローさんの命をちぢめてしまいました。すみません。」

ツバメは答えます。

「宝石を運び続けたのは、私が自分で決めてしたことです。後悔《こうかい》は全《まった》くありません。王子と同じ場所で『幸せのツバメ』になれてとても幸せです。」

王子とツバメは、ずっといっしょに町の人々のくらしを見守りました。

おしまい

9　どっちがハゲてる　ハゲタカ対ハゲワシ

すみかが近くの、ハゲタカの「ハゲ太」とハゲワシの「ハゲ司《し》」は、ライバル関係《かんけい》です。飛ぶ速《はや》さ、飛べる距離《きょり》、えものをつかまえる上手《うま》さは、負けたくありません。しかし、一番負けたくないことは「ハゲぐあい」でした。

どちらも「ライバルよりハゲてるね。」とは、絶対に他の鳥に言われたくないのです。ですから、二羽とも今以上ハゲないよう常《つね》に努力《どりょく》しています。毛生《けは》え薬を手に入れたり、抜《ぬ》け毛防止《げぼうし》の薬を手に入れたりしているのです。シャンプーやリンスの選択《せんたく》や、食生活にも気を配っています。たまに出くわした時は、いつも

「おれの方がハゲていない。」

と、同時《どうじ》に言います。その時は喧嘩《けんか》になり、ロバシで相手の残っている毛を抜こうとします。相手の毛をすべて抜いてやるという勢《いきお》いです。これこそ、本当の「毛無《な》し合い」です。

二羽ともハゲているから、くじゃくや鶴や白鳥など、美人のメスにモテないと思い込んでいます。ですから、少なくともライバルより毛が少なくなることだけは、いやだったのです。

しかし、カッコいい髪形《かみがた》の流行《はや》りは変わります。オスの長髪《ちょうはつ》が流行らなくなり、ダサいと言われるようになりました。ソフトモヒカンなど、坊主《ぼうず》頭に近い頭がカッコいいと言われる時を経《へ》て、何とスキンヘッド、完璧《かんぺき》な丸《まる》坊主、ピカッピカの頭が一番モテる時が来たのです。そして何とお寺のお坊さんが、オスにとっては一番なりたい仕事の一位になったのです。

　そうなると、ハゲ太とハゲ司はどちらからともなく仲直りしようとします。もう後ろ向きな「毛無し合い」はやめよう。積極的な「ハゲ増し合い」をしようと、互いに思うようになりました。そして、二人で脱毛《だつもう》の研究《けんきゅう》をすることで合意《ごうい》し、ガッチリと握手をします。

　その後、毛が抜けた後がきれいにツルツルになる脱毛方法を開発《かいはつ》し、二羽連名《にわれんめい》で特許《とっきょ》をとりました。それだけでなく、スキンヘッドのイケメンモデルとなり、ファッションショーで大活躍《だいかつやく》。二羽とも調子

に乗って美人の彼女《かのじょ》を何人もつくりました。

ところが、カッコいい髪形の流行が変わり、スキンヘッドが一番モテるようになったというのは、二羽が同じ日、同じ時刻《じこく》にみた夢でした。神様は夢に登場《とうじょう》し、さとしました。

「おまえたちが活躍し、モテているのは夢じゃ。世の中そんなに甘《あま》くはない。見た目より内面《ないめん》を磨《みが》き、充実《じゅうじつ》させよ。そうすれば自《おの》ずからメス鳥にモテるようになる。カツ！　分かったか。」

チャンチャン　　　　おしまい

二章　タイトルから想像を広げて

1　いちばん大切《たいせつ》なことは

　カイトは元気な小学六年生。ある日、教室で「いちばん大切なことは」と書かれた紙《かみ》きれを拾いました。ゴミばこに捨てようと思ったのですが、何となく捨てられず、家に持って帰りました。

　紙切れをながめながら、

「自分にとっていちばん大切なものは、なんだろう」

と考えてみました。ゲーム機《き》の「スイッチ」が思いうかびました。でも、また新しいゲーム機が出たら大切でなくなると思いました。やっぱり大切なのは命、けんこう、家族、友達、お金・・・いろいろとうかんできました。

　命がなくなると何もできなくなるから一番かなと思うけど、

無人島のようなところで一人だけ生きていても・・・。

もやもやした気持ちのまま次の日学校に行ったカイトは、また教室で紙を拾いました。それは何と、きのうひろった紙の続きでした。

いちばん大切なことは

ことはさんに初《はじ》めて会ったときから好きになりました。ことはさんの笑顔を見ていると幸せな気分になります。自分の気持ちは伝えられないけど、ことはさんの笑顔がなくなるようなことがあったら、ぼくが勇気を出して守ります。

続きを読んで、カイトは自分がたいへんなかんちがいをしていることに気づきました。拾った紙は同じクラスの男子のだれかが、自分の大好きな「ことは」という女の子への思いをつづったものだったのです。

おしまい

2　故郷《こきょう》に錦《にしき》ヘビを飾《かざ》る

ニシキヘビのダイジャは、動物園のハチュウ類館《るいかん》の中で退《たい》くつな生活をしています。ヘビはあまり人気がないので、立ちどまってじっくり見る人はあまりいません。

しかし、小学生のあきおは、名字が錦野《にしきの》ということもあり、生き物ではニシキヘビ、ニシキゴイが大好きです。動物園に近いところに住んでいるので、一週間に一度は必ず会いに来てくれます。何度も会っているうちに、ダイジャとあきおは友達になりました。ダイジャはあきおにアフリカで生活していたころの話をします。

「アフリカでも、あきおと同じくらいの男の子の友達がいた。狼《おおかみ》に育てられたケンだ。ケンを通して狼のジャックやチッチ、ポッポとも友達になった。みんなとジャングルで、いろんな遊びをしたなぁ。故郷《ふるさと》のアフリカのケニンゴに帰りたいなぁ。」

あきおは、アフリカの話を興味深《きょうみぶか》く聞きます。そして、あきおは、動物園の外にはアフリカとは違うが、林や川や池、自然がいっぱいあること、そこで遊ぶのが好きなことをダイジャに話しました。

あきおの話を聞いてダイジャは

「本当はアフリカに帰りたいが、それは無理だ。せめて、動物園の外に出てみたい。」

と、強く思うようになりました。

そんなある日、地震《じしん》が起《お》こりました。ハチュウ類館は古い建物《たてもの》だったので、カベにひびが入ったり割れ目ができたりしました。ダイジャのいる部屋のカベにちょうど通れる割れ目ができました。ダイジャは

「外に出られるぞ。」

と思い、割れ目に首を入れます。体に傷はつきましたが何とか外へ出られました。ダイジャは、とにかく林に逃げこもうと急いで移動します。ダイジャが脱走《だっそう》し、町じゅうが大さわぎになりました。だれかがニシキヘビにおそわれたらたいへんと、動物園の人、警察《けいさつ》が必死《ひっし》に探します。

ダイジャは、そうさく隊《たい》にだんだん追いつめられます。そして、ため池の土手の下にたどりつきました。素早《すばや》くおいしげった草むらにかくれようとした時、人の気配を感じました。

「しまった。見つかってしまう。」

と、思いました。ダイジャは自分をつかまえようとしたら、戦おうと思い身構《みがま》えます。近づいて

きた人の顔を見てびっくり。あきおだったのです。

「ダイジャ、大丈夫。逃げたことを知ってから、ずっと心配していたんだ。」

あきおは、ダイジャを自分の秘密基地《ひみつきち》、あきおの家のうらの土手にあいているほら穴《あな》に案内しました。

「ここは、大人も知らない穴だ。入り口の前には草がおいしげっているし、穴の入り口はぼくが作った発砲《はっぽう》スチロールの岩でふさいでいるから、絶対見つからない。安心して。」

と言い、えさになるような食べ物を取りに家に帰ります。

えさを食べてダイジャは元気を取り戻しました。そしてあきおに
「本当にありがとう。この恩は一生忘れないよ。元気が出たので、明日からはそうさく隊に見つかりにくい時刻にえさを取りに行くよ。それにしても動物園の中と違って、自然の林の中はいいなぁ。故郷のアフリカのケニンゴを思い出すよ。」

と言いました。

そうさくは続きましたが、ダイジャを見つけることはできませんでした。ダイジャが脱走して何週間かたち、町に台風がきて大雨が降りました。ため池の水量《すいりょう》がみるみる増しました。ダイジャはほら穴でじっとしていました。台風が通り過ぎてすぐ、あきおが様子を見に来てくれました。

「大丈夫だった?」

ダイジャは

「ここは雨、風があたらないので大丈夫だよ。」

と答えます。

その時、ほら穴の奥《おく》から少し水が流れてきました。気になったダイジャが見に行くと小さい穴があき、そこから水が流れ出ています。ほら穴がある分、土手がうすくなっているので、満水《まんすい》の圧力《あつりょく》によって穴が開いたのだろうとダイジャは思いました。このままだと土手が切れて、あきおの家が流されてしまう。あきおの命があぶないと思いました。ダイジャは迷わず穴の中に全力で頭から入っていきます。自分の体で水を止めようとしたのです。あきおは

「ダイジャー!」

と大声で叫んだあと、すぐ大人に知らせに走りだします、近くにダイジャのそうさく隊がいたので状況《じょうきょう》を話しました。さっそくため池の水が緊急放流《きんきゅうほうりゅう》されたので、土手が切れることはありませんでした。ダイジャがあきおの家、そして町を救ったのです。町を守ったダイジャは名誉町民《ちょうみん》になり、なきがらははく製《せい》にされ、役場に飾られました。

十年後、大人になったあきおは、ダイジャの故郷アフリカのケニンゴ共和国の博物館に、ダイジャのはく製を持って行き飾りました。プレートには「日本で洪水《こうずい》から町を守った勇かんなニシキヘビ『ダイジャ』」と書かれました。

「故郷に錦ヘビを飾る」

おしまい

3　スズキ　ジミニー

平成三十年、小さな巨人と称される軽自動車唯一《ゆいいつ》の本格的《ほんかくてき》オフロードカー、スズキ　ジムニーが二十年ぶりにフルモデルチェンジされました。ファンを一気に増やし、人気ふっとうとなりました。

その陰《かげ》で、地味で今にもつぶれそうな、目立たないスズキがマークの自動車会社ススキが、超《ちょう》地味な車ジミニーを一台だけつくりました。しかし、誰《だれ》も知りません。それにはわけがありました。ジミニーは、暴走する危険《きけん》運転の車を安全につかまえるために、警視庁《けいしちょう》が極秘《ごくひ》に発注《はっちゅう》した車だったのです。

ジミニーには、危険運転のドライバーに気づかれないように近づき、走行不能にさせる機能《きのう》が備《そな》わっています。ジミニーに乗って危険運転の取りしまりをするのは、特別《とくべつ》に採用《さいよう》されたジミーコニシです。ドライバーもA級ライセンスをもった人の中から、小さくて地味な人が選ばれたのです。

ジミーは選ばれたものの、どうやって取りしまりをするかまったく分かりません。それを教えてもらうため、ペットでドライブ時には相棒《あいぼう》になる柴犬《しばいぬ》の柴ノ助といっしょに、ジミニー開発の中心となった次元博士《じげんはかせ》のもとを訪《おとず》れます。

次元博士は、パラレルワールド研究の第一人者です。その研究の成果《せいか》を生かしてジミニーをつくったのです。ジミニーは、パラレルワールドを自由に行き来できる機能を備えています。ジミーコニシは理論物理学《りろんぶつりがく》が大好きで、パラレルワールドのことは知っていました。ジミーは尋《たず》ねます。

「次元博士、実際にどうやって危険運転の車を取りしまるのですか？」

次元博士が説明します。

「まず、危険運転の車にジミニーが地味さを生かして近づく。そして、気づかれたらすぐパラレルワールドにワープする。そして、パラレルワールドで加速《かそく》してから捕《つか》まえたい車のすぐ後ろにワープして帰ってくる。そして、五メートル内でしか使えない、車の電気系統《でんきけいとう》を一時的にダウンさせる特別なライトを車に当てて止める。暴走車両の五メートル後ろに突然《とつぜん》現れ、ライトを当てるには相当な運転テクニックがいる。運転をあやまると追突《ついとつ》の危険性もある。ジミー、明日からサーキットで運転の練習をするのだ。そうだ、私が開発したパラレルワールドが見えるメガネを渡そう。これを付ければ事前《じぜん》にワープするところが見えるので、安全にワープできる。」

ジミーは次元博士の指導《しどう》のもと、特別な運転テクニックを身に付けます。サーキットで完璧に運転できるようになり、実際の道路で仕事をはじめました。ジミーは次々に危険運転の車を捕まえました。捕まった人はなぜジミニーが自分の車の後ろに突然現れたのか、どうして自分の車が止まったのか分からず、みんなキツネにつままれたような顔になりました。

危険運転する車が減り、ジミーは仕事にやりがいを感じていました。

そんなある日、いつものように危険運転の車を捕まえようとしました。近づき、まさにワープしようとした瞬間《しゅんかん》、前の車がいきなり消えたのです。ジミーは、ジミニーと同じ機能をもった車だとピンときました。見事、取り逃がしてしまいました。次元博士にそのことを話すと博士は、

「実はジミニー開発のデータのコピーが盗まれたのだ。しかし、そのデータをもとにジミニーのような車をつくれるのは、パラレルワールドの研究を一緒に

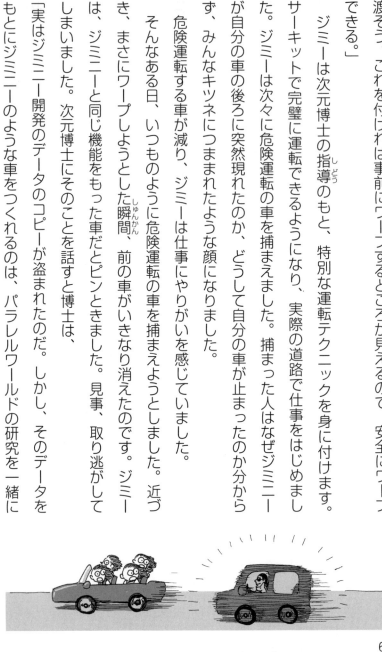

していたインチキン博士しかいないはずだ。インチキン博士は頭が切れるが、がめつくお金にきたない。大学《だいがく》の不正入試《ふせいにゅうし》の主犯《しゅはん》だったことがバレ、クビになった。インチキン博士の悪事を大学に知らせたのは私だ。私のことをうらんでいるだろう。」

と、教えてくれました。

ジミーは何としても、自分がインチキン博士を捕まえてやろうと思いました。ジミーは次元博士に尋ねます。

「ジミニーに、インチキン博士を捕まえるための新しい機能を付け加えられませんか?」

博士は答えます。

「車がどのパラレルワールドに逃げても、元の世界に引き戻せる超小型のリターン装置《そうち》が、もうすぐ完成する。それを、ワープする前にインチキン博士の車に付けることができたら、引き戻すことができる。リターン装置は銃《じゅう》の玉《たま》の中に内蔵《ないぞう》させることができる。ただし、かたい物にうちこむとこわれる。車なら柔らかい樹脂《じゅし》のバンパーの部分にしか撃てない。」

ジミニーの改造《かいぞう》が始まり、フロントグリルに銃が取り付けられました。ジミーは、ふつうの玉で走りながら狙撃《そげき》練習をします。練習を積み、かなり命中率《りつ》が上がりました。そうこうするうちに、リターン装置が完成しました。ただ、まだ一つしかないので一度で命中させなければなりません。

インチキン博士の車を発見したという情報《じょうほう》が寄せられました。ジミニーは外装《がいそう》を変えたので、遠い距離ではインチキン博士はジミニーだと気づきません。しかし、近づくと気づかれるでしょう。ジミーは、インチキン博士に気づかれる前に命中させなければなりません。しかも、チャンスは一度だけ。ジミーは自分にできるか不安になりました。距離がつめられないまま、尾行《びこう》していました。

その時、相棒の柴ノ助が大きな声で「ワン」と吠《ほ》えました。ジミーはそれを合図にするように、アクセルを踏《ふ》み、車間距離をつめると同時にすばやく玉をリアバンパーに撃ちます。見事命中です。

ジミーはワンチャンのおかげで「ワンチャンス」をものにしたのです。

メデタシメデタシ　　　　おしまい

三章　キーワードから想像を広げて

1　ベン君のダイベン　ベンづくし

大阪に住む中学二年生の代勉《だいつとむ》は、勉強の「勉」が名前なので「ベン君」と呼ばれています。ベン君はそのニックネームがとても気に入っています。

好きなものにはすべて「ベン」が入っています。（ここからはあまりにもマニアックでしつこいのでわくの中は読まずにとばしたほうがいいかもしれません。）

プロボクサーは「ベン・ビラフロア」（フィリピン出身。リターンマッチでチャンピオンの柴田国明を一ラウンドでKO。）陸上選手は「ベン・ジョンソン」（カナダ出身。ドーピングで金メダルをはくだつされる。）薬はタケダ薬品のかぜ薬「ベンザエース」（芳香族炭化水素ベンゼンのにおいも好きです。）映画は「ベンハー」（スペクタクル映画）映画監督は「和田勉」（ベンベンベベベワダベンの替え歌がありました。）作曲家は「ベートーベン」（日本全国酒飲み音どを歌ったベートーベン鈴木も好きです。）歌はサスケの「青いベンチ」、歴史上の人物は「弁慶」、神様は七福神の弁天様（福徳諸芸能上達の神）、落ち着く場所は「便所」、車は「ベンツ」、某国のA首相の抗弁（感情的になって理屈を無視できるのが魅力です。）落語家は本名が立入勉三の「桂きん枝」、楽器はベンベンの音の三味線（「ベンベンベーン。ゼリーのようでゼリーでない、カンテンのようでカンテンでない、それは何かとたずねたら、あらコンニャク、コンニャク、コンニャク」などのオリジナルの歌詞をつくり、歌うのが好き。）

おっと忘れていたイギリスの時計台「ビッグベン」、得意なことも、しかられたときの「弁明、弁解」、授業中先生の目を盗んで食べる「早弁」、東京出身なのに「関西弁」、買い物で「べんきょうしてや」と値切ること、ベンチプレスは「百三十キロ」、つきたい仕事は「弁護士」「ベンチャー企業の社長」。

ベン君の人生は「ベン」なしでは考えられません。

ある日の昼食の時間、投げやりな態度が目立つ、陸上部でやり投げをしている丸投《まるなげ》君から頼まれました。

「ベン君、だいべんしてよ。」

「食べているときにそんなこと言わんとってや。そもそも、その頼みおかしいやろ。ふざけんといて。」

と言うと、丸投君は、

「ベン君かんちがいせんとって。大便でなく『代弁《だいべん》』や。」

と、紙に字を書いて見せます。ベン君は、

「それはごめん。わかったわ。おれがしゃべくり得意やから頼んでくれたんやなあ。それなら、いつでもOKや。」

ルックスはださくても、弁舌《べんぜつ》さわやかなベン君は人を説得する自信があります。

「ところで、どんなことをだれに代弁するんや?」

と、たずねるベン君に丸投君は

「いやいや、またかんちがいしたな。おれが頼む『代弁』は、明日ぼくの弁当を食べることや。母はぼくの健康を考えてくれるが、好みはまったく考えてくれへん。このごろ、ぼくは弁当を残すことが多く、母は腹を立てとる。明日は必ずぼくが嫌いなもんばっかりおかずに入れる。それを食べないとしつこく同じおかずばかりが続く。そやから明日は、自分の弁当は持ってこんと、ぼくの弁当を食べてや。いくら嫌いなもんでも、ぼくは弁当を捨てることはもったいなくてできへんのや。」

と言うのです。

「そういうことやったんか。やっとわかったわ。了解や。それにしても日本語は難しいな。」

丸投君は、

「ありがとう。ついでに、もう一つ頼みたいことがあるんや。ぼくのかわりに宿題《しゅくだい》してくれんかな。そうしたらベン君はほんまの『代勉《だいべん》』になるやろ。」

すると、ベン君は

「おまえこそ名前のとおり、ほんまに何でも人に丸投げするな。まいったわ。」

チャン　チャン、チャン。

おしまい

2 風邪《かぜ》ひき君は風が大嫌《だいきら》い　風づくし

風邪ひき君の本当の名字は、風見《かざみ》です。風邪を理由に部屋にひきこもり状態《じょうたい》なので、「風邪ひき君」と呼ばれています。

風邪ひき君は、風が大嫌いです。冬、家の近くの川岸を歩いている時、突風《とっぷう》にあおられて川に落ち、足をねんざするわ、風邪をひくわ、ひどい目にあったのです。おまけに家の自分の部屋を閉め忘れていたため、そこにも突風が入り、部屋がめちゃくちゃになったのです。

風邪をこじらせ、長く家で養生《ようじょう》していたのですが、治ってからも風に当たるのが嫌で嫌で、部屋を閉めきり、ひきこもっています。部屋の外に出るのはトイレ、食事、風呂の時だけです。家族が外出を促《うなが》すのですが、言えば言うほど風邪ひき君は心を閉ざしてしまいます。

そんな風邪ひき君のことを、友達の風間《かざま》君と風子《ふうこ》ちゃんがとても心配していました。何回も二人で風邪ひき君の家に行くのですが、会うことはできません。二人はどうしたらいいか相談します。風間君が

「風にいいイメージがもてたら、外に出られるようになるんじゃないかな。」

と言います。それを聞き、風子ちゃんが
「それなら、そよ風さんに頼んで風邪ひき君の部屋に入ってもらい、そよ風のさわやかさが実感できるようにしたらいいと思うわ。」

と言います。

頼まれたそよ風は、風邪ひき君の家に行き、

「窓を開けてよ。さわやかな気分にさせてあげるよ。」

と言います。

しかし、風邪ひき君は
「ぼくの部屋にはどんな風も入らせない。」

と拒否《きょひ》。ずっと閉め切った部屋で生活し、心まですっかりよどんでいるようです。風間君は、

「そよ風さんでは、やはり押しが弱いな・・・。そうだ、風来坊《ふうらいぼう》さんに頼んで、一箇所《いっかしょ》にとどまらず、気まぐれに動きまわる楽しさを教えてもらおう。」

と言いました。

風来坊が風邪ひき君の家を訪ね、

「おれと一緒に外に出て、自由にいろいろなところに行かないか?」
と誘います。しかし、風邪ひき君は
「ぼくは、気まぐれで何を考えているか分からないやつは、信用できない。」
と言って、やはり拒否します。またしても失敗です。しかし、二人はあきらめません。風子が
「『北風と太陽』の話のように、風邪ひき君の家を暑くして外に出なくちゃがまんできないようにしたらいいと思うわ。熱風《ねっぷう》さんに頼むのよ。暑さに耐《た》えきれず窓を少しでも開けたら、そこからすきま風さんに入ってもらい、全ての窓のカギを開けてもらうのよ。」
と、自信ありげに言います。

熱風が全力で風邪ひき君の家を熱します。二人はマッチ（近《こん》藤《どう》真彦《まさひこ》）の「情熱《じょうねつ》☆熱風せれなーで」を大声で歌い、熱風を応援します。これには元々暑さに弱い風邪ひき君はまいります。頭がぼうっとなり、無意識《むいしき》に窓を開けてしまいます。そこに予《よ》

定《てい》どおり、すきま風が入り、他の窓のカギを開けます。

風邪ひき君の部屋の風通しが久しぶりによくなり、部屋の中の風鈴《ふうりん》や風車は大喜びです。

そこに、雲に乗った、いかついいげんのある男が現れました。久々に外の空気に当たり不安いっぱいの風邪ひき君がたずねます。

「あなたはだれですか?」

すると男は、

「わしは風神《ふうじん》じゃ。おまえのことを親身《しんみ》になって考えている風間君、風子ちゃんの優しい気持ちにひかれてやってきた。おまえは部屋の中に風を入れないようにしてきたが、本当にそれができていたと思うのか?」

と、たずねます。

風邪ひき君は

「はい、さっきまではできていたと思います。」

と、答えたところ、風神は

「はっはっは。おまえの部屋には風がずっと吹いておった。それもかなり強い風が。それはおまえのおくびょう風じゃ。突風に一度ひどい目にあったからといって、全部の風を拒否するのは風《かぜ》差別《さべつ》じゃ。本来ならこらしめるところじゃが、二人の友達に免じて許してやろう。さて、おまえに教えたいことがある。おまえは風を毛嫌《けぎら》いしているが、人間つまりおまえも風みたいな存在じゃ。風邪が常に動いているように、人間の心も体も常に変化している。そして、亡くなったら風になる。まさに『千の風になって』じゃ。風をさけるのではなく、風と一緒にダンスを踊るように楽しく生活するのじゃ。わしの話はここまでじゃ。これからのことは、となりの家にある風《かざ》見鶏《みどり》に聞くがよい。」

と言いました。

風神の話に感動し、納得した風邪ひき君は、風神に心からお礼を言って、すぐ隣の家の風見鶏のところへ行きました。風見鶏は

「兄弟分《きょうだいぶん》、やっと来てくれたな。」

と言いました。風見鶏は

「おまえの名前は風見鶏太郎《けいたろう》だろ。だから風見鶏だろ。風見鶏が風の吹かないところにずっといる？　風を読まない風見鶏は存在価値がないぞ。おまえには生まれつき風を読む力がそなわって

いる。いる場所を自分では変えられないおれの分まで、風を読みながら活躍してほしい。ただ、風には人々のためになる風と、人々のためにならない風がある。人々のためになる風なら追い風にして乗ったらいいが、人々のためにならない風なら勇気を出して向かってほしい。ハイリスクだがハイリターン、ふんばることができればその後空高く上昇できる。分かったか、兄弟分。」

と言いました。風邪ひき君は、

「兄弟分、ありがとう。そして、ぼくを風の当たる外に出してくれた風間君、風子ちゃん、本当にありがとう。みんなの恩に報《むく》いるためにも、精進《しょうじん》することを約束するよ。」

と、力強く言いました。

　それから三十年後、風来坊は風のうわさで、風邪ひき君が「政界の風見鶏二世（一世は中曽根《なかそね》康弘元総理《やすひろもとそうり》）」と呼ばれ、機を見るに敏《びん》、臨機応変《りんきおうへん》の、人々にしたわれる大物議員になったことを聞きました。

おしまい

3 八方《はっぽう》サイコロ　八づくし

東京に住んでいる八幡《はちまん》エイトは、まっすぐな性格で裏表はないが、自分勝手なところがあります。気に入らないことがあると相手を言葉で攻撃したり、関係のない人に八つ当たりしたりする青年です。そのため、トラブルを起こすことも多く、分かっていても感情のうずに巻き込まれる自分のことが嫌になっていました。

そんなエイトのところに、見知らぬ八方斎《はっぽうさい》と名乗る男性から手紙が届きました。その手紙には、

「無限のパワーをもつ八の神様が、八にゆかりのある八人を『でたらめ人生チャレンジ』に招待しました。今の自分を変えたいと思う人はぜひ、ご参加ください。日時は八月八日の午後八時、場所は八王子《はちおうじ》の八仙《はっせん》という八宝菜のおいしい中華料理店です。」

と、書かれてありました。よくわからないイベントですが、エイトは「今の自分を変えられるかもしれない」と思い、参加することにしました。

八仙に行くと、入り口に入った順に番号札を渡してくれます。これは八方さいころ（三角形の

面が八面）を振る順番でした。エイトは八番を引きました。八方斎は説明します。

「このさいころは神のさいころなので、一度出た目は二度と出ません。また、出た目は本人しか見られません。」

それを聞いて、エイトは、

「ぼくは八番目だから結局残った目ということか。自分ではどうにもならないな。」

と、思いました。

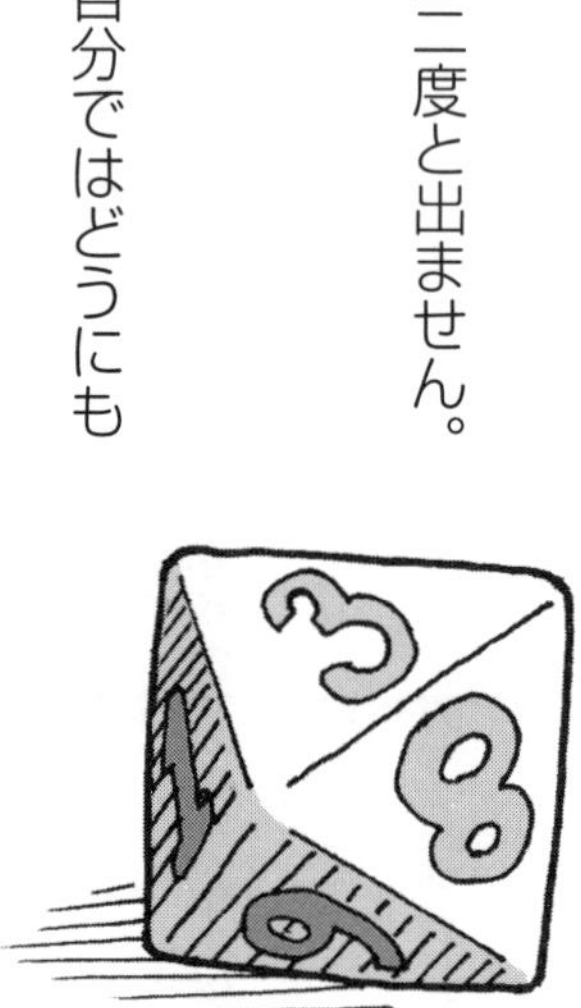

番号とその意味

① 八方手《はっぽうて》を尽くしても、八方ふさがりになる。が、八方破《はっぽうやぶ》れの行動でふさがったところを突破する人生。

② 八方美人になり一時はみんなに好かれるが、八方美人がばれ、みんなに嫌われる。しか

しその後、自分の考えを持つ筋の通った人間となり信頼を回復。

③ ころんでもへこたれず、頑張る七転び八起きの人生。借金して出版した「嘘八百《うそはっぴゃく》物語」がベストセラーになり、人気作家になる。

④ なんば花月で、月亭八方《つきていはっぽう》さんの阪神タイガースネタの落語に感動。八方さんに入門して、月亭ヤッホーになり人気者となる。

⑤ 陸上競技の八百メートル走の大学チャンピオン。発泡《はっぽう》スチロールの会社に入り、八面ろっぴの活躍。

⑥ 口八丁手八丁になり、トップセールスマンとなる。

⑦ 一か八《ばち》かのギャンブラーになり借金をつくるが、八丈島に移住し漁師になり、タコ取り

の名人になる。

⑧　八仙のハッピー八宝菜を食べ、自分のことが大好きになり、幸せになる。

エイトは八番目のさいころを振って八、ここで問題が。「自分のことが大好きになり、幸せになる」は願ったり叶ったりの内容だが、エイトは八宝菜が大嫌い。八宝菜が嫌いと聞いてヘソを曲げた八方斎は

「八宝菜を食べられないのなら、自分を変えることができない。帰れ！」

と、冷たく言います。エイトは

「待ってください。八日後まで待ってください。八日後には必ず食べます。八日後に八仙に来ます。」

とお願いすると、八方斎は言います。

「分かった。約束を守らないと、今の自分よりもっと人とぶつかる人間になるぞ。いいな。」

エイトは八日間水分だけとって、断食《だんじき》をすることにしました。断食すれば、おなかがすいて、

大嫌いなものでも食べられると考えたのです。
空腹との戦い、たいへんでしたが、何とか頑張りました。八日後、あんなに嫌いだった八宝菜を全部食べることができました。この経験を通して、エイトは食べ物に心から感謝する気持ちが持てるようになりました。

その感謝の気持ちが、いろいろな物や人に感謝する気持ちにつながりました。自分に生まれたことにも感謝できました。自分のことが大好きになり、人にも思いやりの気持ちで接することができるようになりました。思いやりは人や社会にこうけんしたい気持ちにつながり、こうけんによって人の笑顔を見ることが幸せだと思うようになりました。エイトは八の神様にも感謝し、まつられている八方神社へのお参りが日課になりました。
他の番号を引いた人もそれぞれに幸せになりました。引いた番号はみんな違うのですが、みんないい人生を歩みました。

おしまい

四章　実在人物をパロディーに

1　リバウンド女王

モデル事務所オドリー所属のグラビアアイドル高望美《こうのぞみ》こと「のんちゃん」は、志の高い、ウェストのくびれが自慢の、スタイル抜群の美人でした。オドリーの社長の春日部《かすかべ》は「ミスオドリー」と呼んで大事にしてくれました。

のんちゃんは、中学・高校までバスケットボールをしていました。ウェストのわりに豊満なバストとヒップの圧力を生かして、ゴール前のリバウンドを制していたので、リバウンド女王とよばれていました。歌もうまく、ザ・ドリフターズの「いい湯だな」の合いの手を歌わせたら、右に出る人はいません。一時は歌手を目指そうと思ったくらいです。

モデルとしては、健康的なスタイルのよさを生かして活躍してきました。しかし、さすがに三十路を超え、運動不足と新陳代謝の衰えによって太ってきました。特にお腹から下に肉がついて洋梨体型になってきました。

若い時はちやほやしてくれた春日部社長も

「洋梨体型になったから、用なしじゃ。」

と、おやじギャグでセクハラ＆パワハラします。のんちゃんは、

「うったえてやる!」

と、ダチョウ倶楽部《くらぶ》の上島竜兵さんのマネをして反撃します。

ある日、のんちゃんは、ちらしで「ひょうたんリバウンドダイエット」の広告を見ました。ダイエットの後、リバウンドしたらだめなのに「リバウンドダイエット」。意味が分かりません。元リバウンド女王としては「リバウンド」の言葉が気になってしょうがありません。お店まで行って尋ねることにしました。店長の千成《せんなり》こまさんが説明してくれました。

「痩せるときはとにかく急速に痩せて、体全体を細くします。そこから特定の部位、バスト、ヒップだけをリバウンドさせてひょうたん体型にするのです。ボクサーが計量前に一気に体重を落とし、計量が終わったら食べて体重を戻すのに似ています。ウェストがリバウンドしないようにすることがカギです。当店では、ウェストに特別な電気刺激を与えるベルトをした上で、「ひょっこりひょうたん島」の歌を歌いながら、ウェストを独特な動きで左右にひねると同時に波をかきわけるポーズをします。それによってウェストのリバウンドを防ぐのです。」

それを聞いたのんちゃんは、「ひょうたんリバウンドダイエット」をすることにしました。まじめに取り組んだ結果、ウエストが細いのにバストとヒップが豊満な大人の女性の美ボディーになったのです。店長の千成こまさんは、のんちゃんに、

「リバウンドダイエットキャラクター『リバウンド女王』になってくれませんか。」

と、頼みました。続けて、

「顔は出さなくていいです。体だけを写真やビデオで撮らせてください。」

と言うと、のんちゃんは

「顔も映していいですよ。」

と、答えると、店長は

「顔にシワが多く、体とのギャップがあるからけっこうです。」

と、言います。確かに顔のシワがダイエット前より増えています。急速に痩せたことがよくなかったようです。のんちゃんは、

「顔のシワが増えるなんて聞いていない！」

と怒ると、店長は契約書を見せ
「バストとヒップをリバウンドさせることが契約内容で、顔は契約対象外です。」

と言い返したのです。のんちゃんは
「そんなバカな！」

と言いながらも、すぐに「タコス美容クリニックで、顔のしわをとろう」と決意します。

さすが、リバウンド女王。壁にぶつかってもすぐ気持ちを元に戻し、前向きにものごとを考える。すごい！

チャンチャン。

おしまい

※さまざまなハラスメントが登場しますが、実在人物の話をもとにしているためご容赦ください。

2　シンゴーマンゴー

沖縄のミヤココンブ島に「マケナイヤ」という居酒屋があります。「マケナイヤ」という名前は「他の店には負けない」という意味ではなく、店主がケチで「食事のお代をまけない」という意味です。店主のシンゴーは本名シンゴなのですが、マニアックな信号機オタクなのでシンゴーと呼ばれています。家には苦労して集めた道路や鉄道の信号機がたくさんあります。

シンゴーの特ちょうは甘いマスクと、甘い仕事ぶりです。甘い仕事ぶりのうめ合わせをしているのが、二人の店員です。二人とも明るく接客態度がとてもいいので、シンゴーは助かっています。若く見えるがけっこういい年の筋子《すじこ》と、中途半端に若い調子《ちょうこ》。筋子は名のとおりがんこで、常に筋を通そうとします。調子は名のとおり、天然キャラのお調子者です。

シンゴーは開店二周年をむかえ、その記念に新メニューを開発しました。「シンゴマダンゴ」です。それと、このタイミングで前から考えていた、自家製マンゴーを使ったデザートづくりのプロジェクトも、始動させようと思いました。しかし、マンゴーのデザートは島では定番です。デザートの作り方は、すでに工夫しつくされています。マンゴーそのものに目を向けるしかありません。
幻のマンゴーと呼ばれる「ホッペオチルマンゴー」ならインパクト抜群です。しかし、その種をもち、栽培できるのは島でゆいいつそのマンゴーを世に送りだした、シンゴーが人生の師とあおぐ元マンゴー農家の「あきまちゃさん」こと、坂井あきまささんだけです。あきまちゃさんはオグリシュン似のイケメンで、歌もうまくカラオケの十八番は「おさらば恋人」です。今は農業をやめ、島でゆいいつのホストクラブ「コラエンゾ」を経営し、自身もホストとして働いています。村のおばあの人気を独占しています。
シンゴーはあきまちゃさんのところへ行き
「ホッペオチルマンゴーの種をください。そして、栽培方法を教えてください。」
と、頼みます。あきまちゃさんは
「おーい。シンゴー! おまえはあいかわらず自分に甘いなあ。自分で努力しようという気持ちがないといかん。ホッペオチルマンゴーの栽培方法は教えてやるが、種はおれの出した課題をクリアしないとやらない。」
と、きっぱり言います。そして、つぼをシンゴーに渡します。

「このつぼの中に、栽培の仕方を書いてある紙と、おまえに与える課題の紙が入っている。課題をクリアしたら、このつぼを持っておれのところへ来い。種をそのつぼの中に入れてやる。」

シンゴーは

「がんばります。課題を達成して、あきまちゃさんに仕事が甘いと言われないようになりたいです。」

と言って紙を読むと、課題が三つ。

一つ、「シンゴーが一人でホッペオチルマンゴーを栽培しながら居酒屋をするのは無理。『マンゴロウ』という人をさがして、マンゴーづくりの手助けをしてもらえ。」

二つ、「おれの好きなマンボウを素もぐりでとって、さしみにして持ってこい。おまえが泳ぎが苦手なのは知っている。おまえのやる気を試したい。」

三つ、「店の二周年記念イベントとして、店の名前を一時的に『マケタイヤ』にし、料理を全部通常のお代の三割引きにすること。」

シンゴーは二人の店員と常連のお客さんの力も借り、何とか三つの課題をクリアしました。そして、つぼを持ってあきまちゃさんのところへ行きます。

「ホッペオチルマンゴーの種をください。」

　すると、あきまちゃさんは、

「残念ながら、おれは種を一粒ももう持っていない。」

と言うのです。シンゴーは
「えー！」

とびっくりして、つぼを落としてしまいました。

　するとどうでしょう。つぼが割れ、そこからマンゴーの種が出てきたのです。つぼは二重底になっていて、そこに種が入っていたのです。あきまちゃさんは言います。

「おれは種を一粒も持っていないと言ったのは、すでにお前に渡したという意味だったんだ。」

続けて、

「栽培方法の説明に書いてないことがある。それは、ホッペオチルマンゴーのちぎり方だ。両手を広げ、二個一度に、いやらしい手つきでちぎるのが正しいちぎり方だ。このちぎり方をしないと、マンゴーの味が落ちる。おれが手本を見せるからやってみろ。」

と言われ、シンゴーはまねをします。あきまちゃさんは

「何となく動きは似ているが、手首の使い方がかたい。それでは、いやらしい動きにならん。まあマンゴーができるのは先だから、それまでにおれが特訓してやる。」

と言いました。シンゴーは

「あきまちゃさん、本当にありがとうございます。このご恩は一生忘れません。」

と言います。あきまちゃさんは

「ホッペオチルマンゴーができるのを楽しみにしているぞ。マンゴーができたら甘いマスク、甘い仕事ぶり、甘いマンゴー、シンゴー！　三拍子そろうな。」

ここで話は終わりなのですが・・・モデルになった実在の人物が「絶対ハッピーエンドにして」

としつこく言うので、蛇足になることをしょうちで書きます。

期間限定「マケタイヤ」全料理三割引きイベントは大盛況。シンゴーと二人の店員は、記念に作ったハッピを着て大忙し。どんなハッピか？　って、もちろんバックに昔のプロレスラー遠藤《えんどう》幸吉《こうきち》の絵が入ったハッピ。これぞ「ハッピーエンド」！

おしまい

3　泳げコニボシ君

コニボシ君は朝日に照らされ目が覚《さ》めました。コニボシ君は、海のすぐ横で他の雑魚《ざこ》と一緒《いっしょ》に天日干《てんぴぼし》しにされていたのです。コニボシ君は、自分がなぜ干《ほ》されているのか分かりません。自分の名前以外《いがい》の記憶《きおく》をすっかりなくしていたのです。

正午《しょうご》になり、日光がジリジリと照《て》りつけ、体がどんどんかわいてきます。意識もうろうとしてきます。

「もうだめだ。」

と、あきらめかけた時、どろぼう猫のトムがやってきました。ニボシを盗《と》りにきたのです。トムは、コニボシ君の近くの大きいニボシを食べ始めました。その時、人間が棒を持って

「このどろぼう猫め！」

と、叫びながらやってきました。おどろいたトムはあわてて逃げます。その時、コニボシ君が入っていたトレーをふんでしまい、トレーがひっくり返りました。コニボシ君はトレーから飛び出し、海に落ちました。

しばらく海を漂《ただよ》っていると、自分と同じような姿形の魚が近よってきました。

「私はイリ子。あなたの名前はひょっとしてコニボシ?」

コニボシ君はびっくりします。

「どうしてぼくの名前を知っているの?」

イリ子は答えます。

「この辺りは、海の世界では『コンピラー国』と言われているの。昔から『コンピラー国に危機《きき》が訪れたら、コニボシという魚が現れ、救ってくれる。』と言い伝えられているの。そして、まさに今その危機が訪れているの。コンピラー国は湾《わん》の中にあるので、水の入れかわりが少ないため、人間の生活排水《はいすい》で海が汚《よご》れやすいの。湾に流れ込む川が汚れ、海も汚れがひどくなっているの。元気なのはクラゲだけ。なぜかクラゲは異常《いじょう》に増えているの。クラゲのリーダー、クラゲスはコンピラー国をほろぼし、クラゲス王国をつくろうとしているの。それを止めてくれるのがコニボシ君だと私は思うの!」

コニボシ君は
「そんなこと言われたって、ぼくはこんなに小さいし、体がかわいて思うように泳げない。とてもコンピラー国を救う力はないよ。」
と言います。それに対しイリ子ちゃんは
「何を言っているの、コニボシ君は勇者よ。言い伝えでは、コニボシは遠泳《えんえい》が得意。遠くのブタニー国まで泳いで行き、あまちゃん姫から小さな真珠《しんじゅ》を二個もらってくるの。その真珠をコンピラー国にあるキンピラ神の石像《せきぞう》の両目に入れると、『危機が去る』と言われているの。」
と言います。コニボシ君は
「自由の身になったから何かしようと思ったけれど、そんな大役はぼくには無理だ。」
と言います。イリ子ちゃんは
「海の中に入り体はもうだいぶやわらかくなり、自由がきくはずよ。かわいて固まっているのはあなたの心でしょ。」
と言います。そう言われたコニボシ君は泳いでみます。確かにふつうに泳げます。
「イリ子ちゃんの言うとおりだ。自分で泳げないと思い込んでいたんだね。元気が出てきたよ。」
イリ子ちゃんはコニボシ君をコンピラー国のリーダー、金目ダイのキンメーのところへ連れていきます。喜んだキンメーは

「お供に、コンピラー国で一番強い『カツオ武士』と知恵のある『タコ八』をつけよう。それでは頼む。」

と、コニボシ君にお願いします。三人はブタニー国を目指して出発します。しかし、その情報はスパイを通じてクラゲスに知られてしまいました。クラゲスは、

「海の水がきれいになってしまうと、仲間が減ってしまう。コニボシをやっつけろ!」

と、手下に命じます。

クラゲの大群がコニボシ一行を取り囲みます。クラゲにさされると、体がしびれて身動きがとれなくなります。コニボシ君は軽く速く泳ぎ、クラゲの攻撃をさけようとしますが、いかんせん相手が多すぎます。その時タコ八が

「こうなることは予想していたので、仲間のタコやイカを呼んでいます。私たちのスミでえんまくをはります。えんまくがあるうちに、クラゲの大群を突破してください。私にはブタニー国まで行く体力はありません。ここで仲間のタコ、イカと協力してクラゲをひきとめます。」

と言います。

コニボシ君とカツオ武士は、なんとかクラゲの包囲網《ほういもう》を突破し、一目散にブタニー国を目指し

ます。二人は長い道のりを、体力がなくなったら気力をふりしぼって泳ぎ切りました。

あまちゃん姫に事情《じじょう》を話して真珠を二個もらい、帰路《きろ》につきます。コニボシ君は
「帰り着くまで体力がもつか心配だ。」

と、弱音《よわね》をはきます。カツオ武士も
「私もです。」

と言います。それでも、コンピラー国の人々のためにと、力をふりしぼります。

ところが、運悪く嵐がやってきます。二人に嵐の海を泳ぐ力は残っていません。コニボシ君の意識がなくなってきました。カツオ武士も同じです。

コニボシ君は、以前と同じように日光に当たり、目を覚まします。

「ここはどこだろう。カツオ武士はどうなったんだろう。心配だ。」

と、心の中で思います。コニボシ君は漁師のイチローの網《あみ》に引っかかり、船の上に揚《あ》げられていたのです。イチローはとてもいい人で、事情を話すとコニボシ君が帰りやすい海流のところまで連れて行ってくれました。イチローは
「ここからは、自分の力でがんばって泳げ！　帰り着くことを祈っている。」

と、はげましてくれました。

船で休息《きゅうそく》し、コニボシ君の体力は回復。元気に泳ぎ、コンピラー国に近づきました。それを待ち構《かま》えていたのが、クラゲス率《ひき》いるクラゲの大群。

「今度こそつかまえるぞ！」

と、コニボシ君をとり囲みます。

そこにカツオ武士が、仲間とともに現れます。コニボシ君は
「カツオ武士、無事で何より。」

と喜ぶと、カツオ武士は
「運よく仲間のカツオたちに助けられました。コニボシ殿《どの》こそ、ご無事で何より。みんなが、お帰りを待っています。」

と、言いました。クラゲスは電気クラゲなので、コニボシ君に電気ショックを与えようとします。

ビビッ。コニボシ君にクラゲスの足があたり、コニボシ君は体がしびれ大ピンチ。クラゲスがコニボシ君にとどめをさそうとしたとき、カツオ武士がナタのような刀で切りかかります。クラ

ゲスは大きな傷を負いました。リーダーがやられて、他のクラゲはひるみます。そこにカツオ武士の仲間がおそいかかり、クラゲの大群は散りじりになってしまいました。

コニボシ君は、無事真珠を持ち帰ります。コンピラー国のみんなは大喜び。コニボシ君は、

「カツオ武士、タコ八、助けてくれた漁師イチローさん、タコ、イカ、カツオなどの力に支えられ、やっと真珠を持って帰ることができました。感謝、感謝、感謝です。」

と、キンメーに報告します。キンメーはうなずきます。

コニボシ君は真珠をキンピラ神の両目に入れます。するとどうでしょう。石像の口が海の水を吸《す》いこみ、きれいになった水が石像の鼻から出てきます。

みるみる、海の水がきれいになりました。クラゲは住みにくくなり、コンピラー国からはなれていきました。

コニボシ君は大人になって、イリ子ちゃんと結婚。海の生き物のすみかである、も場《ば》の経営をします。コニボシ君がも場を増やしたので、生き物が増え、コンピラー国は栄えます。

何十年かたち、コニボシ君の寿命《じゅみょう》が尽きる日がきました。コニボシ君の意識が遠のきます。

その後すぐ、コニボシ君は「お帰り」の言葉で目を覚まします。声の主は、コニー星の王様「オオニボシ王」です。オオニボシ王は

「コニボシ王子、お帰り。修行《しゅぎょう》ごくろうさん。りっぱになったね。かわいい子には旅をさせよ、本当だね。」

と、言います。コニボシ君は

「ただいま。」

と、言います。

自分がだれであるかを思い出したのです。コニボシ君は、ただの小さなニボシではなく、コニー星の王子だったのです。

おしまい

五章　主題を決め、それを伝えるパロディーに

1　長州他力《ちょうしゅうたりき》

昔、山口県の高校を出て、すぐ上京してプロレスラーになった二人の青年がいました。二人は、高校時代はプロレス同好会に所属する、仲の良い同級生でした。一人はリングネームが「長州多力《たりき》」、もう一人は「長州自力《じりき》」でした。

二人はストロングスタイルのプロレスが売りの、練習が半端なく厳しい鉄板《てっぱん》プロレスに入りました。新人の教育係は、鬼軍曹と呼ばれた山本大鉄《やまもとだいてつ》。もう練習の日々が始まりました。タイガーマスクが鍛えられた「虎の穴」のような厳しさです。

二人は体力的には同等の強さを持っていたのですが、根性は自力が多力に勝っていました。自力はやると決めたら、わき目もふらず突き進みます。集中力抜群です。

それに対し多力は、名前のとおり気が多く、いろいろなものに興味を持ってしまいます。集中力はありませんが、一度に色々なことを考えられる散漫力《さんまんりょく》があります。自力が一発の破壊力で相手を倒すのに対し、多力は多彩な技のコンビネーションで相手を倒します。多力も練習に打ち込

もうと思うのですが、ふとしたきっかけで知り合ったツンデレの「ゆうな」さんのことが気になって練習に身が入りません。自力との差が広がります。見かねた教育係の大鉄が多力を呼び出し、

「お前、やる気があるのか？　お前の態度は後輩のレスラーに悪い影響を与える。今のままならやめてもらいたい。」

と、厳しく言いました。

そんな時、鉄板プロレスの人気に押され、厳しい経営を強いられていたシャンパンプロレスのほら吹き社長から
「うちに来ないか。多力の個性はうちでこそ生きる。」

と、言われました。多力は移籍することが自分のためにも鉄板プロレスのためになると考え、移籍を受け入れました。

多力は、アグネス・ラムのファンで、ラムがコマーシャルをしていたダイハツのシャンパンゴールド色のパイザーに今でも乗っています。それを知っていたシャンパンプロレスのほら吹き社長は、入団してくれるならエースしかはけない

シャンパンゴールド色のパンツをプレゼントすると約束しました。実は、これが決め手となり、多力は移籍を決意しました。

多力は素直で憎めない、軽い男です。シャンパンプロレスは、鉄板プロレスに比べれば練習がゆるく、リング上でダンスをしたり歌を歌ったりするパフォーマンス重視の団体なので、多力に合っていました。しかし、多力が入っても鉄板プロレスの人気にはかないません。当時は、ストロングスタイルが多くのファンに受け入れられていたのです。

シャンパンプロレスのほら吹き社長は、起死回生を狙い、鉄板プロレスに喧嘩を売ります。

「鉄板プロレスの長州自力より、うちの長州多力のほうが、見た目は弱そうだが本当は強い。挑戦させてそれを証明したい。自力、逃げるなよ！」

と、挑発します。ほとんどのファンが、自力が勝つに決まっていると思いながら、もともと同級生で同門だった二人の対決に興味を示し、盛り上がります。自力は怒った顔で
「挑戦を受けてやる。ひねりつぶしてやる。」

と、シャンパン側に伝えます。

多力は困りました。自力に勝てる自信がまったくなかったからです。自力の破壊力抜群の自力

ラリアットを受けると負けてしまいます。多力の「サソリ固め」では対抗できません。多力の「サソリ固め」には毒がなく、痛め技になってもギブアップを奪う威力《いりょく》が無かったからです。せいぜい「ザリガニ固め」くらいの力です。

しかし、恩人のほら吹き社長のために、全力で戦う決意をします。そして、「サソリ固め」に毒を注入するために

「山ごもりをして、修行させてください。」

と、社長に訴えます。滝修行で精神力と必殺技を身につけようと思ったのでした。

多力は北アルプス奥地の滝で冷たい水に打たれ、サソリ固めに毒が入るよう祈ります。七日目、雪解け水の冷たさで体が冷えきり、意識がもうろうとなり、

「私はこのまま死ぬのか。」

と思った時、目の前に仙人のような老人が現れ、

「滝壺でキーを拾った。これはさとりのドアを開けるキーじゃ。お前が落としたのか?」

と聞くと、多力は正直に答えます。

「いいえ、私のものではありません。」

老人は

「お前は正直じゃな。気に入った。このキーを一回だけ使わせてやろう。」

と、言いました。多力は水面に仰向けに浮かび、太陽にキーを向け回します。すると、まばゆくあたたかい光が降り注ぎ、多力の体を包みました。多力が「サソリ固め」ではなく、「サトリ固め」を身につけた瞬間です。老人は言います。

「『サトリ固め』は『毒』でなく『愛』を敵に注入する技じゃ。合気道の達人は、自分より体力に勝る相手を難なく投げ飛ばす。それは達人が相手に愛を注ぐからじゃ。愛を注がれると相手は力が出なくなる。『合気』とは『愛気』なのじゃ。お前は天の神の愛を受けた。次の試合に限ってだが、『サトリ固め』が使える。自力にきっと勝てる！」

多力は、予言どおり「サトリ固め」で自力にギブアップ勝ちしました。試合後、なんで負けたか訳がわからない自力が多力に迫ります。

「多力、お前はどんな力を身につけたんだ?」

多力は正直に答えます。

「サトリ固めをしているとき、私はあまり力を入れてなかった。天の神様が私になってくれて、愛の力でお前の力を封じ、ギブアップを奪ってくれた。私は今日から『長州多力』改め、『長州他力』になる。常に天の神の力が得られるようになりたい。言葉を変えれば、他力に支えられた自力が使えるよう精進したい。」

と、きっぱり言いました。

「自力、お前は自力があるのだから、他力を身につければ鬼に金棒。すごいレスラーになれるぞ。」

「ありがとう。よく教えてくれた。俺は自分に足りないものが何かよく分かった。お前が『天の神』なら俺は『地の神』に支えられた自力を身につけたいと思う。俺は『長州自力』改め、『長州地力』になり精進する。」

二人は意気投合しました。

そして、「長州他力・地力」のタッグチームを作り、タイトルを取りました。ある時は相手の力を愛の力で封じ、ある時は相手の力を引き出して相手を光らせるオールラウンドのバランスのよいプロレススタイルは、本場アメリカでも大いに受け、長く活躍しました。

おしまい

2　ヤジローとベイコ

ヤジロー（弥次郎）とベイコ（本名《ほんみょう》・米子《よねこ》）は、振分大学《ふりわけだいがく》のヤジロベー作り同好会で知り合いました。ヤジロベー同好会とは、芸術的なヤジロベーを作り、ヤジロベー展に出品する人たちの集まりです。

ヤジローは男性ですが、女性的で植物の栽培やガーデニングが趣味です。気が長く、何事にもじっくり取り組める性格をしています。ヤジローの作るヤジロベーは、エレガントで向かって左側に傾いているのが特徴です。

一方ベイコは、男性的でスポーツが趣味です。特にアーチェリーが得意です。性格はせっかちで、目標を決めたらまっしぐら、早く結果を出そうとします。ベイコの作るヤジロベーは、ワイルドで向かって右側に傾いているのが特徴です。

ヤジローは卒業したら、自然の中で働く仕事をしたいと思っています。ベイコは広告、イベント関係の営業をしたいと思っています。二人の個性の違いは大きいのですが、相手が自分にないものを持っているので、互いに魅力を感じ、付き合い始めました。

しかし、付き合ってみると、考え方の違いからぶつかります。ヤジローがベイコに悩みを相談しても、ベイコはヤジローがめめしく見え、よく話も聞かず解決策を言って話を終わらせようとします。話をじっくり聞いて、共感してほしいヤジローは不満です。逆にベイコはヤジローに何を提案しても、すぐに結論を出さず、じっくり考えようとすることが不満です。ヤジローと話をするのは時間の無駄だと思うようになります。

お互いひかれ合っているのに口げんかが絶えない二人に、ヤジロベー同好会の先輩で、二人が付き合うきっかけをつくった九筆《きゅうぴっ》人《と》は助言します。

「二人とも男性性、女性性のバランスが乱れすぎだ。今、ヤジロベーを作ったら、それが傾きに表れるはずだ。」

と、言います。二人は

「そんなことはない。」

と言って、つり合いのとれたヤジロベーを作ろうとします。

するとどうでしょう。左右のつり合いのとれたヤジロベーを作ろうとしているのに、ヤジローのは向かって左、ベイコのは向かって右が大きく下がります。二人は、不思議でたまらないという顔をします。筆人は

「どうしたらいいと思う?」

と、たずねます。二人が同時に答えます。

「互いに相手から下がっている方の重りを少しもらい、自分の上がっている方につければよい。」

実行すると、二つともバランスがとれたヤジロベーになりました。

二人は、パートナー関係のつくり方を学びました。ヤジローはベイコから男性性を分けてもらう、ベイコはヤジローから女性性を分けてもらう。パートナー関係は、互いに学び合うことによって育っていくことをつかんだのです。

二人は違いが大きいから、学び合うと互いにぐんと成長できる。筆人は言います。

「多くのパートナーは、シーソーの左右に乗ってバランスをとろうとしている。しかし、それは役割分担にすぎず、学び合いではない。年をとってどちらかが亡くなったら、シーソーは片方に

バタンと落ちる。シーソーの片方に乗ったままでバランスをとるのは無理。一人一人が、バランスのとれたヤジロベーに成長することを目指すことが大切なんだ。」

二人は大切なことに気づかせてくれた先輩に、心から感謝します。

それからは、学び合う関係をつくっていきました。二人はよく話し合い、卒業後はキャンプ場の経営をすることにしました。準備期間を経て、キャンプ場をオープン。ヤジローは環境整備、施設の管理でリーダーシップをとり、ベイコは広報、イベント、経理でリーダーシップをとりました。

二人は「キャンプ場経営」という同じ目的をもち、対等な関係でそれぞれの個性を発揮しながら協力し合う、理想的な夫婦になりました。二人の経営するキャンプ場は、全国から人が集う人気スポットになりました。また、ヤジローが中心となって、ボランティアで木を植え、育てた無料スペースの林は、町の人の憩いの場になりました。

そういう二人ですから、自分の子どもとも学び育ち合う関係をつくりました。

おしまい

3　自由になれるジュース

由自《ゆうじ》は小学六年生。六年生ともなると、学校でも家でもしなければならないことがとても多く、ストレスがたまります。もっと自由になりたい、といつも考えていました。

ある日の学校の帰り道、移動販売《いどうはんばい》の車が目にとまりました。美しい金髪《ぱつ》の外国の女の人が、いろいろなジュースを売っていました。由自と目が合うなり

「あなたが飲みたい特製ジュースがあるよ！　その名も自由ジュース。飲むと自由になれるジュース。三百円よ。」

と、声をかけられました。自由を欲していた由自は、なぜか迷わず買って飲みました。

するとどうでしょう。その日したくないと思っていたことを、どうすれば楽しくできるか考える自分がいたのです。自由ジュースを飲むと、しなければならないことをしなくてよくなったり、大人からの命令が減ったりすると思っていたのに・・・？　由自は女の人に

「この自分の気持ちは、どういうこと？」

と、聞きました。女の人は答えます。

「あなたが自由を求めていたのは、目を見たらすぐに分かったわ。でも、あなたの心はいつも自由だったのよ。あなたの心にだれか入ってきて、心を一方的に変えたりできないでしょう。心の持ち方はあなたしだいよ。自由ジュースはそれに気づかせ、自由な心を自由につかって、しなければならないことを、楽しくできるように工夫しようと思うようにするジュースなの。ジュースが効《き》いたようね。」

女の人は話を続けます。

「あなたは自由というと、いやなことから逃げたい、決められたわくからはみ出したいとばかり考えていたのではないの？　あなたが考えていた自由は、ただのわがまま、ただのさぼりたい気持ち。したいことがないのに、それを認めたくなくて、自由になればしたいことができるのにという自分に対するうそも、かなり含まれていたんじゃないの？」

「難しい話だったけれど、おねえさんの言うことが分かりました。ありがとう。」

と、言って由自は帰りました。

それからの由自は、何をする時も楽しくしようと前向きに考え、何人かで協力する活動の時には、意見を出してみんなと話し合うようにしました。決まったわくの中でも、自由を発揮することができるようになったのです。

それから半年くらい経《た》った時、また女の人がジュースを売っていました。由自は

「この前は、ありがとうございました。毎日の生活が楽しくなりました。」

と、お礼を言います。女の人は

「この前とは違う自由ジュースがあるんだけど飲む?」

と、聞きます。由自は迷わず買って飲みました。

するとどうでしょう。不思議!　いろいろなことが知りたい、いろいろなことができるようになりたい、という学ぶ意欲がぐんと上がったのです。

「この私の気持ちは何ですか?」

と、由自は尋ねます。女の人は

「自由になるということは、いろいろなことを学んで、自分の世界を広げるという意味もあるのよ。資格、免許が分かりやすい例。学んで資格や免許をとれば、それをもっていない人がつけない仕事につけるようになったり、もっていない人が運転できない乗り物を運転できるようになったりするでしょ。学べば学ぶほどできることが増え、自由度が増していくのよ。」

それを聞いた由自は
「分かりました。それにしても、ジュースで学ぶ意欲が高まるなんて、すごいジュースですね。ところで、こんなすごいジュースを売っているおねえさんはだれなの?」

と、返します。女の人は
「あなたと今度会うのは、十年後のアメリカね。私は自由の女神なの。」
と言うので、由自はおどろいて腰をぬかしました。
しかし十年後、由自がアメリカの大学に入学し、自由の女神を見に行った時、自由の女神は一しゅん、ジュースを売っていた女の人の顔になり、ほほえみかけてくれました。

おしまい

4　紙の神「紙神《かみがみ》くん」

紙の神である紙神くんは、静かでどこまでも広がっている、まっ白な紙の世界に住んでいます。紙の世界に住んでいるというよりは、紙の世界そのものが紙神くんです。その紙の世界は、完全無欠の安定した世界です。困ったことも、危険なことも、いやなこともなにも起こらず、常に平穏そのものです。

紙神くんは、くる日もくる日も、紙の世界をながめて暮らしていました。実は紙神くんは、ひきこもりだったのです。

しかし、このごろ、これまで「安心」でうめつくされていた紙神くんの心に、「退屈」の文字がうかぶようになりました。それは、日に日に大きくなりました。今では、その文字で心が破れてしまいそうです。

紙神くんは思い切って、広がっている紙の一部を破ります。ふつうの人間で言えば、自傷行為です。紙神くんは、破った穴に神風を吹かせました。神風は、破れた紙をさらに細かく、細かくし、無数の紙のほこりを作りました。ほこりですが、神風のエネルギーを得ています。紙神くんは楽しみながら、ほこりで紙細工をつくりました。その一つが紙人間です。

紙人間は、紙神くんのあやつり人間ではありません。紙神くんは、自由意志を持ち、自分で動き回る紙人間を作ったのです。そのほうが楽しいからです。紙人間は神風に乗って、自由にダンスをします。

ブレイクダンス、サンバ、エアロビクス、フォークダンス、フラメンコ、阿波おどり、バレエ、フィギュアスケート、ケチャ、ウサギのダンス、何でもありです。紙神くんは、そのすべてをやさしい愛に満ちた目で、自分が破った紙の穴から楽しそうに見ています。

紙神くんは、ひきこもりから脱したのです。

紙神くんが、すべての紙人間のダンスを同じ眼差しで見るのは、紙神くんの辞書には「差別」と

いう文字はなく、「愛」だけしかないからです。紙人間が思う「善」と「悪」も差別しません。そもそも、絶対的な「善」「悪」は存在しません。評価の尺度が変わると善、悪も変わり、入れかわることすらあります。

紙神くんは紙人間を評価しません。愛するだけです。ですから「悟る」つまり紙神くんの境地に達するということは、「差取る」ということ。どんなものも、出来事も、「差を取って見る」。自分の身に何が起こっても、無差別に感謝して受け入れられる紙人間が、さとった紙人間なのです。具体的には、吉本新喜劇のどんな状況でも、「いいよおー」と言える芸人さんのような人のことです。なかなかそこまで達する紙人間は、いませんが・・・。

さて、紙人間はそれぞれのダンスをすると言いましたが、いつまでもはおどれません。神風から受けたエネルギーが切れれば、疲れて元の紙のほこりになります。そのほこりを、紙神くんは、やさしく紙神そうじきで回収するので、もとの紙の世界に戻れます。

紙神くんは、このような自分破りゲームが、楽しくて楽しくてたまりません。紙人間のダンスを見るのが、一番の趣味なのです。ごくたまに紙神くんの存在に気づいた紙人間に「どこ見てんのよ」とか「おまえの目はふし穴か?」とか言われますが、それが大きな喜びです。

以上は、紙神くんの自己紹介の原稿です。
実は紙神くんは、いろいろな神が集う合コンに初めて参加することにしました。そのための原稿です。この紹介で、好みの女神の心をつかめるでしょうか？　本人は物語ふうに話すなかで、自分がいかに愛にあふれる神かをアピールしたかったようですが、まじめすぎて、もてそうにありません。でも、紙神くんがんばってね！

おしまい

5　あたりまえ小学校

ここは「適当世界」の、パラレルワールド研究所。所長の高田順二郎博士は、所員の河口寛《かわぐちひろし》とその娘、小学五年生のアヤコを所長室に呼びました。そして告げます。

「実は、我々の『適当世界』のパラレルワールド『決めつけ世界』に行ったり帰ったりできるパラレルワープマシンが、やっと完成した。二人で『決めつけ世界』に行き、そこの小学校の教育について調査してきてほしい。今回の調査の目的は、価値観の異なる世界の小学校教育を調査し、それを我々の適当世界の小学校教育に生かすことだ。比較によって、我々の教育の現状が浮かび上がると思う。河口は教師として、アヤコは児童として、研究所近くの『いい加減小学校』に対応している、決めつけ世界の『あたりまえ小学校』に行ってほしい。向こうには、他のパラレルワールドからの侵入者を取りしまる秘密警察がある。つかまる危険のある大変な仕事だが、ぜひお願いしたい。あたりまえ小学校に、もぐり込むための工作には万全を期す。」

二人は冒険好きな性格なので迷わず

「分かりました。」

と答えます。

パラレルマシンに乗って「決めつけ世界」に行った二人は、あたりまえ小学校近くの森に着きます。深い森なので、パラレルマシンをほら穴にかくせば、まず見つかりません。

あたりまえ小学校にもぐり込んだ二人は、価値観の違いにとまどいながらも、目立たないように調査します。

ストレスをためた二人の楽しみは、パラレルマシンが着いた森に行くことです。そこで、のら犬たちと出会います。ボスはおもしろいことがあったら「ヒヒィーン」と笑うケンゲンです。「社会から疎外されている」という気持ちが同じためか、すぐに友達になりました。休みの日は、のら犬たちのえさを持って行き一緒にランチを食べるのが、二人の何よりの楽しみになります。

しかし、調査が終了したころ、秘密警察に目をつけられマークされます。目立たないように気を付けていても、ま

わりの人の目には、日頃の態度や休日の行動が変にうつったようです。学校関係者が、二人は他のワールドからの侵入者ではないかと疑い、秘密警察に密告したのです。
二人はすぐ、元の世界に戻ろうと思い、森へ向かいます。しかし、秘密警察が尾行していて、パラレルマシンに乗り込もうとした時、とりおさえられそうになります。その時、のら犬たちが現れ、警察官にとびかかります。ケンゲンは
「今だ、早く乗り込め！」
と、さけびます。二人はすぐに乗り込み、大声で
「ありがとう！」
と、言ってマシンを発進させます。そして無事に適当世界に戻りました。
帰って三日後、調査報告会が研究所で開かれました。河口が
「あたりまえ小学校と、いい加減小学校の比較から、分かったことを報告します。あたりまえ小学校の特質は、大きく次の四点にまとめられます。」
①『教育の目的、目標はお題目。目的、目標と実際の教育活動がズレていたり、矛盾したりしていても問題視しない』

(例一) 教育法規に書かれた目的、目標

目的、目標がお題目というのは『あたりまえ小学校』というより決めつけ世界の特質。教育基本法の第一条の教育の目的は『教育は、人格の完成をめざし・・・』であり、知・徳・体の調和的な完成をめざすことが究極の目的になっている。しかし決めつけ世界では、国のトップである大統領に『知性・徳性』に欠ける人がなれる(副大統領にももちろんなれる)ことから、この目的はお題目にすぎないことがわかる。学校教育法第二十九条の『小学校の教育の目的【小学校は心身の発達に応じて、義務教育として行われる普通教育のうち・・・】』は、その意味の共通理解もないまま、学校の教育活動が行われている。学習指導要領に示されている教科等の目標についても同様である。いい加減小学校では、常に目的、目標の共通理解と、目的、目標と方法、手段の整合性を図る議論が行われているが、あたりまえ小学校では方法、手段の議論に終始している。

(例二) ゆとり教育の失敗

あたりまえ小学校でも行われていたゆとり教育の失敗は、その理念、目的を教育行政にたずさわる人や教師が十分理解しないまま実践にうつしたことにある。成果があがらないことを理念のせいにして、ゆとり教育の看板を他の看板にかけかえて、問題を解決しようとした。ゆとり教育の『総合的な学習』の考え方はシュタイナー教育に源流がある。いい加減小学校ではシュタイナー教育をよく理解したうえで総合的な学習を導入したので、とても成果があがっている。

(例三)教育の目標は『自立』ではなく、社会のニーズ・権力に主体的に応える人間の育成

『自ら学ぶ』『自主性』『自己実現』等の子どもの自立を目指す言葉があたりまえ小学校の教育計画でおどっているが、実際にしていることは『人材の育成』。自立より、社会のニーズに応えられる役に立つ人づくりを重視。その背景には、その価値を求める政財界の圧力が強いことがある。そこを根本原因とする事件が、決めつけ世界で起こった。学校秀才で偏差値が一番高い大学を出たトップクラスの官僚が、出世とお金のために上位の権力にそんたくし、違法なことに手をそめたことが大問題になった。その官僚の仕事ぶりは、権力に主体的に従うことを教える教育の成果といえる。適当世界では人々は『よく生きるために働いている』が、決めつけ世界では『お金、地位のために働く。働くために生きている』人が多い。

(例四)『みんな違ってみんないい』の目標

あたりまえ小学校では、金子みすゞの『みんな違ってみんないい』の言葉が教室に常掲されている。しかし実際には、一律の評価基準をもとに子どもをランク付け、成績をつけている。一律

の基準によって評価することは『みんな違ってみんないい』に明らかに矛盾。それを教育行政を行う役人は知っている。だから、宮沢賢治さんの『どんぐりと山猫』（一番いいどんぐりの頭の形を裁判で決めようとする話。裁判結果はみんな違ってみんないい。）は、国語の教科書には載せない。授業を通して、学校の評価のあり方がおかしいことに子どもが気付くおそれがあるからだと思われる。いい加減小学校では、一律の評価基準でなく多元的な基準を設定。例としては、あたりまえ小学校が『集中力』という価値一つで評価しているのに対し、いい加減小学校では『集中力』と『散漫力』、二つの価値から評価している。また、あたりまえ小学校ではその時点の評価しかしていないが、いい加減小学校ではヴィゴツキーの知見を生かし、子どもの可能性にも着目した評価をしている。子どもの可能性を考え、『今は〇〇ができない方がよい』と判断したら『できないこと』によい評価をする。

（例五）子どもをうまくコントロールできたらよい授業

研究授業において『自ら学ぶ』『主体的に学習に取り組む』等がよくテーマになるが、実際は教師の子どもをコントロールする力を高めることが目標。その証拠にあたりまえ小学校では、教師の事前に書いた指導案どおりに進み、時間ちょうどに終わる授業がいい授業とされる。子どもの実態をきちんと把握し、教材研究がきちんとできていればそうなるという考え。それに対し、いい加減小学校の教師は、子どもが自由に発言できる雰囲気づくりをしている。また、子どもの予想外の言動に適切に対応し、それを生かして授業を進めている。それを教師の力量と考えている。つまり、あたりまえ小学校では、授業を自動車などの『組み立てライン』と考え、いい加減小学校では『アトリエ』、新たなものが生み出される場ととらえている。

②『人間の心身の発達を理解していない』

(例一) 道徳教育

決めつけ世界では、人間の心にいろいろな道徳の価値(例・公正・公平・信頼・友情・公共心)の部屋があると考えている。そのため、小学校一年生でも二十くらいの価値項目を授業で扱う。決めつけ世界では、それをあたりまえと多くの人が考えている。それどころか、道徳を教科にして成績をつけることを決めた。心にまで踏み込んで評価する暴挙があたりまえなのである。適当世界では、心は統一されたものと考えるシュタイナー教育の知見をもとに道徳教育を考えている。一、二年生の価値は『感謝』三〜六年生は『思いやり』それだけ。人間の心は統一されているので『感謝』『思いやり』の心があれば、規則も守るしゴミも捨てないと考えるのである。

（例二）小学校一、二年生でも主要教科は国語、算数

あたりまえ小学校では、早期に知的教育を始めることがいいと考えている。しかし、これは子どもの発達に合っていない。幼児～児童期は感性・情操を育てることが大切で、それが想像力、創造力につながっていく。体育においてはその時期にしか伸ばせない神経系の発達を、多様な運動を通じて促すことが大切。いい加減小学校の一、二年生の主要教科は図画工作、音楽、体育になっている。学校外のスポーツ少年団においても、複数の運動を行うことが普通になっている。

③『子どもと大人が人間存在においても対等でない』

①の（例五）「子どもをうまくコントロールできたらよい授業」でわかるように、存在が対等であれば、一方が一方をコントロールすることはありえない。役割関係において上下関係はもちろんあるが、存在においてはすべての人間は対等である。この認識がないため賞罰（ほめる、物を与える、叱る、叱るだけでなく罰として何かをさせる）、取り引き（勉強したら〇〇できる）が、あたりまえ小学校では当然のように行われている。これは子どもを依存的にさせるか、反抗的にさせるかのどちらかである。今、決めつけ世界で起きているスポーツ指導者のパワハラ問題の根っこもそこにある。いい加減小学校では子どもと教師は存在において対等であると考えてい

るので、子どもを叱ったりほめたりすることによって何かをさせることはない。アドラー心理学の知見に基づき、子どもに共感的態度で接し、困難を自ら克服しようとする活力を与える『勇気づけ』をすることに全力投球している。勇気づけの言葉かけは、共感に基づく『よい出し（ダメ出しの反対）』『加点主義』『プロセス重視』『失敗も受け入れる』『感謝を伝える』の五つである。

④『教育者の資質がない人が、権力を握り幅を利かせる』

あたりまえ小学校の教師で評価されている人は、教育行政の意向を早くとらえ、実践で示せる人。子どもは実践の協力者。そういう教師が教育委員会事務局から認められ出世し、人事権に代表される権力を持つ。その権力で教師をコントロールしようとする。このように、子どもより教育行政の意向の方を向いているペテン師のような人間が幅をきかせている。それに対し適当世界では、決めつけ世界にない教師会（医師の医師会のような組織）があり、それが教育行政に専門性を生かして大きく関わるので、教師が教育行政の末端とは扱われない。校長は、教師の教師という資質をもった管理職である。」

発表のあと高田所長は

「河口さん、アヤコさんの調査のおかげで、二つの世界の教育の違いがよく分かった。そのことによって、我々がどんな教育をしようとしているのかも再確認できた。本当にありがとう。」と、お礼を言いました。それを聞いたアヤコは、胸を張って高田所長に答えました。

「やっぱり、私たち適当世界の学校の方が断然いいと思います。向こうの学校では、息がつまりストレスがたまりまくりでした。」

高田所長は、

「アヤコさん、だいぶ向こうの世界にそまったようだね。今のは、向こうの世界の決めつけた考え方だよ。いい、悪いは相対的なもので、絶対的なものではないよ。駅前でアンケートをとってみないと分からないよ。向こうでアンケートをとると、適当世界より決めつけ世界がいいとの結果になるのではないかな。しかし、向こうにも私たちと同じ考えをもつ人々がいる。その人々のために、この調査情報を送ろうと思っている。向こうの秘密警察は攻撃とみなすと思うが・・・。我々も現状に満足せず、この適当世界をさらに『適している。当たっている。』世界にしていこう！　いい加減小学校もより一層『加減のいい小学校』にしていこう！」

おしまい

特別寄稿

1　ツンデレラ

メーサン　作

　むかしむかし、タンポポ王国にツンデレなおひめさまがいました。そのひめは、ツンデレラといいます。ツンデレラは、大すきな王子さまにはデレデレして、自分の妹にはツンツンしています。だけど王子さまには、こんやく者のナナひめがいます。ナナひめはとてもうつくしくてやさしいので、ツンデレラは王子さまをとてもうばえそうにありません。

　ある日、ツンデレラは考えつきました。城の近くのはまべにあるまじょのやかたに行って、ナナひめを人形にするように、たのむことです。とちゅうツンデレラは、もっといいことを思いつきました。そう、ナナひめを人形にしたあと自分がツンデレナナひめになることです。

　ツンデレラは、にやにやしながら、まじょのやかたに行きました。まじょにたのむと、OKしてくれました。なぜかというと、まじょもナナひめをうらんでいたからです。そして、ツンデレラはナナひめのいるしろへ行き、ナナひめのいるへやに入りました。

そして、ツンデレラは言いました。

「あなたさまに会えてこうえいです。このじかせいリンゴジュースをおのみください。」

ナナひめは、うれしそうにリンゴジュースをのみました。すると、とたんにナナひめの体がぐらっとたおれて、人形になりました。ツンデレラは
「いいきみよ。人形になることは、あなたににあってるわ。」

と言って、ツンデレラはツンデレナナひめになっておしろに出かけました。おしろの前に立つとツンデレラは言いました。

「王子さま、王子さま。わたしよ。門をあけて。」

そして王子が出てくると、ツンデレラは言い

ました。

「王子さま、私とけっこんして。」

すると、王子が言いました。

「おまえは、ナナひめを人形にしたやつだな。けらい、こいつをろうやに入れろ。さっきからへんなにおいがすると思ったよ。」

そして、ガッシャンドッシャンと、ツンデレラはろうやにほうりこまれたのでした。

ナナひめは王子のいのりで元にもどり、王子とけっこんしたのでした。

おしまい

2　フラダンスの犬

バニラ　作

昔、女の子が三匹の犬をかっていました。その犬たちは三つ子でした。みんなトイプードルです。茶色の子は「ちょこ」、こむぎ色の子は「こむ」、白色の子は「リナ」と言います。

ある日、女の子が学校に行くと、友達の男の子が

「ぼくは犬を二匹かうことになったんだ。」

と言いました。女の子は

「じゃあ犬をつれて家に遊びにきてね。」

と言いました。男の子は

「うん。」

と言って自分の教室にもどりました。

その次の日、男の子は二匹の犬をつれて女の子の家に行きました。そのあと、女の子と男の子、そして五匹の犬で森に行きました。

森についていて、みんなで楽しくあそびました。あそびおわり、みんなかえろうとしたとき、一匹の犬が池におちました。森にいくとちゅうに、池があったのをわすれていたのです。みんながおちた犬に

「だいじょうぶ。」

と言いました。その後すぐ男の子が、池にとびこみました。

男の子と犬はぶじにたすかりました。それいらい、森に行くことはやめました。そして、あたらしいあそび場所を、学校できめることにしました。

次の日、女の子はかなしそうな顔で男の子に言いました。

「私、ハワイにひっこすことになったんだ。」

男の子が

「それじゃあぼくもハワイに行くよ。」

と言いました。

女の子は、その場では言いませんでしたが、思いました。

「ぜったいに、あの男の子がついてこられるわけがない。」

次の日、くうこうでひこうきにのろうとすると、男の子が大急ぎで走ってきました。そして、ひこうきにのり、いっしょにしゅっぱつしました。女の子があわてて言いました。

「お母さん、お父さんに言ったの?」

男の子は

「うん。いいと言われたんだ。」

と言いました。

そしてハワイにつきました。すると、男の子がおかしなことを言い出しました。

「犬は、ハワイでフラダンスをおどる。」

女の子が首をかしげました。しかし、女の子のお母さんとお父さんが、犬をかごから出すと、犬たちがなぜか本当にフラダンスをしはじめたのです。

そのあと、あたらしい家に行きました。男の子が言いました。

「ぼく、家がないんだった。どうしよう。」

女の子は言いました。

「だったらうちにきなよ。」

そして、いっしょにすむことになりました。

それから一年たちました。日本にかえることになって、二人ともよろこび、犬もよろこびました。犬たちは、またフラダンスをおどりました。その時、女の子は目をさましました。

女の子はベッドの上にいました。

「なんだぜんぶ夢かー。」

と思いました。しかし、近づいてきた犬たちが、ほんの少しの時間ですがフラダンスをおどったのでした。女の子は思いました。

「犬がフラダンスをおどるのは本当だったんだ。」

女の子はうれしくなりました。そして、次の日から元気にとうこうしました。

おしまい

3　大部屋魂

平治郎　作

昔々、大部屋俳優に、平治郎と言うなかなかのイケメンがいた。

ある日、テレビの長編ドラマ撮影が始まった。平治郎は事実上、大部屋の中の広瀬組に所属していた。広瀬組の元締めは、広瀬のおばちゃんと呼ばれる人で、彼の仕事の週間スケジュールを管理していた。勿論、平治郎だけでなく他の広瀬組十名ほどの大部屋俳優についても同様に牛耳っていた。

「平治郎、明日は朝一で西映撮影所に行ってくれへん。」

と、広瀬のおばちゃん。平治郎に待望の仕事が舞い込んできたのだ。

「わかりました、ところで何の撮影ですか。」

と、いつものように彼は訊き返した。

「女優の木下志麻さん主演の額田王やねん。ウチの組からは、平治郎と熊本君の二人に行ってもらうさかい、頑張ってやぁ。」

と、いかにも搾取家の口振りで言い放った。当然の如く、彼等の仕事と言えば、殆どが主役のスターを引き立たせる、脇役以下のいわゆる汚れ役ばかりであった。

例えば、予めダイナマイトが埋め込まれた戦道を、幕府側の落武者として走り抜ける役。皆様のご想像どおり、その後の展開としては、数人の落武者がその場所を走り抜けようとする瞬間に、敵軍の砲弾が落武者の足元で炸裂すると言う運びになる。炸裂の瞬間、彼らが必死でダイビングし、倒れこんだ背中には、タイムラグで土砂や石や埃が降り注いでくる。正に命懸けである。

「カット、カット、はーいオーケー。」

と、彼等を人扱いしていない助監督の乾いた声が響く。

因みに、リハーサルでは助監督が

「君らが完全に走り去った後で、ダイナマイトが炸裂するさかい、派手にダイビングしてや。ええなぁ。」

ということで、リハーサルにおいては、実際に爆破確認はしない。でも、本番ではダイナマイトは、走り去った後ではなく、正に走り抜ける足元の直下で炸裂していた。本当に、正確に言うとそういうことになる。リハーサルと本番とでは、全く話が違う。

「平治郎よかったよ。リアルやったわ、ほんまに。」

と、助監督。

「何言うとんねん、危なかったぁー、鬼ィー。」

と、平治郎は心の中で密かに叫んでいたのであった。なお、大部屋同期の熊本君や数名の広瀬組の輩も、同じ感情であったことは、だいぶ後になって聞かされた。

　また、ある時には合戦シーンの撮影で、馬上の武将の後ろを重い火縄銃を担いで進行する場面があった。何の躊躇いも無い、本当に分かりやすいセッティングであった。しかし、目前の馬上の武将役は、あの有名俳優の三船幸夫さんであった。

　当然の如く、カメラワークも主役の周辺情景を隈無く舐めるのが常であった。じゃあ、その真後ろを歩いて進行してい

る彼は、必ずシーンの一部として大作に映り込むこと然りであった。ただ、スターの跨る白馬は撮影前、長時間のロケに備え、ふんだんに餌を与えられていたのかもしれない。いや、そうであっただろうと、容易に推測出来た。

壮大な武将進行シーンの撮影がスタートして間も無く、彼の目前で白馬は草食動物特有であろう、無理のない大量の馬糞を、何事もなかったかの様に排泄して退けた。困ったのは、真後ろを進行している彼自身であった。武将の進行の後を、直線的に歩くよう助監督に義務付けられていた平治郎であったが、ごくごく自然に歪曲してしまった。つまりは、馬糞を踏ん付けないよう避けて膨らんで、歩んでしまったのだ。何と、名優三船幸夫さんの跨る白馬の直後をである。

「カット、カット、何してんねん。そこのお前バカかぁー。」

と、彼は当然の如くに罵声を浴びせかけられた。

そして、そのシーンは、有名俳優を巻き込んだ撮り直しと相成った。テイク2では、彼は馬糞を平気で踏ん付けながら、しかも、英雄気取りで白馬の尻を舐めるかのごとく、真っすぐ歩いていた。

「大部屋俳優は、汚れてナンボのもんやで。」

と、平治郎は自分に言い聞かせた。正に、運「糞」が付いた瞬間と言う訳である。

そして、いよいよ平治郎の「両脚に魂を込める」、全く汚れ役では無いエピソードを語ることに相成るのである。

平治郎には、彼の地道な役者活動が認められたのか、はたまた只単に運が向いて来たのか、あの有名女優の木下志麻さん主演の長編ドラマ「額田王」に大抜擢されるチャンスが、目の前にやって来たのである。何と、平治郎に与えられたドラマの役柄は、額田王にまつわるあの「壬申の乱」における勝者で、後に天武天皇となる大海人皇子方の隊長役であった。しかも、そのシチュエーションは「壬申の乱」大スペクタクルの中で活躍しているシーンは愚か、タイトルバックにも採用されるという、この上無いキャッチコピーシーンであった。平治郎は、

「これは、親戚一円に連絡をして作品視聴をしてもらう値打ちがある。」

と踏んだ。その日から、兎に角親戚に電話を掛けまくった。

「俺は、大スターの仲間入りだ。故郷に錦を飾るぞ。」

平治郎はほくそ笑んだ。勿論、故郷の親戚には、放映の日付と時間を正確に告げた。そして、実際の撮影場面はこうであったと。

厳寒の新雪深い琵琶湖のほとりを、大友皇子方の捕虜を都まで連行するという、全スタッフ百名程度の過酷なシーンそのものであった。何と捕虜を連れ歩く先頭は、隊長役の平治郎自身であった。弓矢を携え、凛として真っ白な、そして何の足跡も無い深い新雪の上を、颯爽と歩み進めなければならない。そんな経験のない方々には、分かって頂けないと思うが、一見簡単そうで無茶苦茶に難しいものであった。だって、深い新雪の下には何があるのかを知っている人間は、誰も居なかったのでありますから。

しかし、平治郎はそんなことには構わず、琵琶湖畔の遠方にセッティングされた、ローアングルのメインカメラのレンズに視線を合わせ、一歩一歩確実に新雪をかき分け、しかも勝者の面をし、誇らしげにふらつくことのない安定した足取りで、只々前進しなければならなかった。そういう訳で、彼は両脚に魂を込めた。

その日は、折しも長編ドラマ「額田王」のクランクイン当日であった。

「カット、カット、スッゴクいいよぉー。」

と、助監督さま。

「じゃあ、次は同じパターンで琵琶湖の波打際を歩こうか。」

とバカ助監督。

「俺の足の指先は、凍傷で壊死しそうなのが分からんのか。」

と、平治郎は思った。

そんなこんなで、その日の撮影は夜の帳が下りるころ終了したのだった。一日全体のモニター画像を確認しながら、カメラアシスタントが嬉しそうに言った。

「今日は、本当にいい映像が撮れたみたい。」

と。平治郎も、編集されていないモニター画像を見て、これはいけると自信を持った。

幾日か経って、ドラマが封切りとなり、彼の両親や親戚一同から電話連絡が入り始めたのは仕方のないことであろう。平治郎自身が皆に吹聴していたのだから。

「平治郎、お前は一体どこに映っとんねや?」

と。また、

「タイトルバックも観たけど、どこにも映ってなかったぞー。どこやー。」

と。皆はすごく期待をしていたらしいことは、間違いなかった。

「皆さん期待をさせて、本当に御免なさい。タイトルバック正面のアップで映っていた脚は、俺の脚やったんやでー。」

と。しかし、そんなこと誰にも分かるはずがない。

「撮影後のモニター画像再生では、絶対に主役以上の格好良さだったんやけどなあ。やっぱりカットされるわなぁ。だって、大部屋俳優やもんなぁ。」

「俺の脚だけが、超主役になったんや。」

ローアングルの撮影カメラのおかげで。

「俺は、大部屋魂見せつけてやったんや。大部屋魂をなぁ。」

と、平治郎は叫んだ。

おわりに

私は「大部屋魂」を寄稿させて頂いた平治郎です。

この度は、高著の刊行まことにおめでとうございます。そして、コニボシさんの御著書への寄稿の機会をお与え戴いたこと、また兎にも角にも、物を書くことの楽しさを実感させて戴いたこと、心より感謝申し上げたいと思います。誠に有難うございました。

最初、私にお話を頂いた折には、確かコニボシさんの著作物の帯書きのご依頼だったかと記憶しております。当初、奇才コニボシさんの著作に対するコンセプトがなかなか把握出来ず、大変ご迷惑をお掛けしましたこと、まずもって心よりお詫び申し上げたいと存じます。

さて、コニボシさんの根底に流れる思想は、教育・哲学・文学全般あるいは道徳・宗教・政治経済など多岐の分野にわたる為、オールラウンダーイデオロギーと呼ばせて頂いても過言ではないと思います。故に、この渾身の一冊については、あらゆる分野の相互関係から導き出された、しかもボキャブラリー豊富なコニボシさんならではのエキスが、十二分に詰まった大作になっていると思います。

また、特別寄稿枠に掲載された穢れ無き子ども達の素直な文章は、本を読むことだけに留まらず、書くことへの楽しさをよく代弁している証であると確信して居ります。実際、物の書き方・本の書き方・文章の書き方には、いく通りもの方法があろうかと思いますが、まずはチャレンジ精神が一等大切であると感じました。書き物をする折には、筆者のイデオロギーやコンセプトも必要不可欠かもしれませんが、書くこと自体への満足感や充実感、はたまた挫折感や無能力感さえも味わってみることは、大袈裟に振り翳しますと人生の肥やしになること請け合いであります。

さて、あなた自身の作品を綴ってみましょう。

著｜者｜紹｜介

コニボシ
1959年香川県高松市生まれ。琉球大学首里キャンパス最後の卒業生、元小学校教員。現在、個人事業主、放課後児童クラブ補助支援員、ボランティア活動「子育て親子相談」(連絡先：寺子屋 TEL087-866-7635)。

パロディ物語を書こう！

2019年2月20日　初版発行

編集・著者　小西　康之
表紙カバー・絵　メーサン
発　行　所　株式会社　美巧社
〒760-0063 香川県高松市多賀町1-8-10
TEL 087-833-5811 FAX 087-835-7570

印刷・製本　株式会社　美巧社

ISBN978-4-86387-100-7　C0037